삑사리까지도 인생이니까

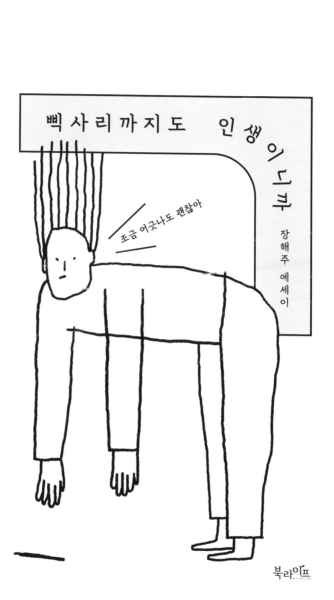

삑사리까지도 인생이니까

조금 어긋나도 괜찮아

장해주 에세이

북라이프

삑사리까지도 인생이니까

1판 1쇄 인쇄 2022년 7월 19일
1판 1쇄 발행 2022년 7월 26일

지은이 | 장해주
발행인 | 홍영태
발행처 | 북라이프
등 록 | 제2011-000096호(2011년 3월 24일)
주 소 | 03991 서울시 마포구 월드컵북로6길 3 이노베이스빌딩 7층
전 화 | (02)338-9449
팩 스 | (02)338-6543
대표메일 | bb@businessbooks.co.kr
홈페이지 | http://www.businessbooks.co.kr
블로그 | http://blog.naver.com/booklife1
페이스북 | thebooklife
ISBN 979-11-91013-43-6 03810

비즈니스북스는 독자 여러분의 소중한 아이디어와 원고 투고를 기다리고 있습니다.
원고가 있으신 분은 ms3@businessbooks.co.kr로 간단한 개요와 취지, 연락처
등을 보내 주세요.

볼품없는 나 데리고 살기

이래도 짜증, 저래도 짜증. 뭐 하나 내 마음 같지 않아 매일이 화와 분노의 연속이던 그런 때였다. 그 끝에 연애까지 틀어져 버렸던 날, 가만히 화장대 앞에 앉아 이런 생각을 한 것 같다.

'도대체 나란 인간이란…. 알면서, 어째서, 왜, 무엇 때문에, 같은 선택으로 기어이 이런 꼬락서니로 결말을 맺는 걸까.'

그러고 보니 나는 뭐 하나 마음에 드는 구석이 없었다. 여전히 뭔가가 결여된 것만 같고 그저 허우대만 멀쩡하고 속은 텅 빈 껍데기 같았다.

나이라는 것은 내 삶에 점점 큰 숫자를 형성해 가는데 어쩐지 나는 그 숫자만큼 크지도, 자라지도, 깊은 맛도 못 내는 인간인 것만 같아서, 그래서 어딘가 좀 모자란 것 아닌가 의구심까지 들었다. 얕은 한숨 끝에 툭 비어져 나온 말이 그러했으므로.

"나란 인간 데리고 살기 참 힘들다."

정말 그랬다. 하루에도 수십 번씩 마음에 안 드는 나를 볼 때마다 짜증이 솟구쳤다.

어떤 작은 일도 그냥 봐 넘기지 못하고 기어이 분을 터뜨리는 나 때문에, '눈에는 눈, 이에는 이!' 속이 간장 종지만도 못한 나 때문에, 누군가의 말 한마디가 그렇게나 마음에 사무쳐서 떨쳐 내지 못하고 온종일 매여 있는 나 때문에.

'하긴 어디 이런 것뿐일까.'

나도 모르는 새 끊임없이 누군가와 나 자신을 비교하는 순간에도 그랬고, 작은 실수에도 전전긍긍하며 수십 번 고민할 때도 그랬으며, 안 그래도 되는데 그놈의 자존심 때문에 굽히지 않을 때도 그랬다. 이럴 때마다 거울 속 나를 보며 했던 마음의 소리가 그러했으니까.

　'너 참… 못생겼다.'

　못생긴 나를 좀 지우고 깨끗하게 만들고 싶어서 뜨끈한 물에 샤워한 후 얼굴에 수분크림도 듬뿍 얹고 바디로션도 꼼꼼히 바르고, 젖은 머리카락의 물기를 툭툭 털어 드라이어로 잘 말려 주다 보니 문득 이런 생각이 몽실몽실 떠올랐다.

　온통 못생긴 것들로 채우고 있는 나 하나 데리고 사는 것만 해도 참 용하다고. 못생긴 나를 오늘도 좀 살려 보겠다고 애쓰는 내가 보여서. 그렇게 잘 버티고 있었기에. 나란 인간, '들여다보면 좀 괜찮은 구석이 있을지도?'라고.

　맞다. 나는 여전히 볼품이 없다. 이건 자존감이 낮은 마음에서 나온 게 아니다. 인정이다. 그리고 팩트다.

이런 나를 인정하고 난 후부터 나는 나를 진심으로, 제대로 응원할 수 있게 됐으니까.

볼품없지만 그래도 괜찮다고. 볼품없는 나를 포기하지 않고 끊임없이 박수 쳐 주고, 물도 주고, 오늘도 내가 잘 자라도록 온 정성으로 가꾸는 게 기특하다고. 이렇게 가꾸다 보면 점점 예뻐질 일만 남을 테니까.

포기하지 않고 한 걸음.

오늘 좀 못나 보이는 부분은 깨끗하게 씻어 내고 그 자리에 향기 좋은 것들로 채우는 일.

매일 못생긴 나를 보면서 한숨짓는 것보다 못생긴 부분은 다독다독 잘 다듬어서 보기 좋게 만드는 일.

내가 나를 절대 놓지 않는 일.

매일매일 나란 사람의 불씨를 꺼뜨리지 않는 일.

그렇게 나를 사랑하는 일.

오늘도 볼품없는 나 때문에 위축되고 얼굴이 죽상인 채 방황하는 그 누군가에게 나는 이렇게 말하고 싶다.

지금 이 시각, 당신은 세상에서 가장 위대한 일을 하고 있다고. 주저앉지 않고 볼품없는 나를 어떻게든 이고 지고 오늘을 살아 내고 있기에, 참 장하다고.

오늘도 볼품없는 나 데리고 사느라 안간힘을 쓰는

장해주

차
례

프롤로그 볼품없는 나 데리고 살기　　　　　　　*005*

PART 1　　흔들리며 살지만,
　　　　　다행이다

오늘의 내가 그때의 나에게　　　　　　　*016*

밥 좀 망해도 지구는 말짱하다　　　　　　*020*

울어 본 적이 없어서　　　　　　　　　*026*

상처가 꽃이 되는 시간　　　　　　　　*032*

마음을 잘 버리는 일　　　　　　　　　*038*

나는 있는 그대로의 너를 사랑한다　　　　*044*

내가 그리워한 것은　　　　　　　　　*050*

PART 2   괜찮아,
            사랑이 아니었을지라도

연애를 모르는 여자   058

세련된 연애는 오후 3시에 결정된다   066

썸에도 애도 기간은 필요하다   072

어른의 연애   078

줬다 뺏는 거, 준 걸 돌려받는 거, 너무 찌질하잖아?   084

자상한 남자는 안 그래   090

외로울 수는 있지만 아무렇게나 사는 건 아니야   100

그 시절, 15번 버스의 그녀는   106

괜찮아, 그냥 사랑일 뿐이야   114

PART 3   조금 느리지만
더 깊어지는 시간

나라는 꽃을 피워 보기로 했다   122

내일쯤 미워할까 해   128

내 나이가 어때서?   134

애매해서 다행이고 이상해서 산뜻하고, 그래서 좋다   140

환승하는 중입니다   146

번아웃과 동거하기   152

쏟은 건 어쩌면 마음   158

상처에서 자유로워질 것   164

PART 4 그래도 여전히
사랑을 믿는 이들에게

따뜻하게, 부드럽게, 토닥토닥   172

친구, 해줄까요?   178

쉽게 행복해지는 사람   184

헤픈 칭찬이 어때서?   190

한 사람, 온 우주를 만나고 대면하는 일   196

지금 이 순간을 소중히   202

눈빛이 따뜻한 사람   208

나를 있는 힘껏 끌어안기   214

에필로그 삐딱해도 직진!   219

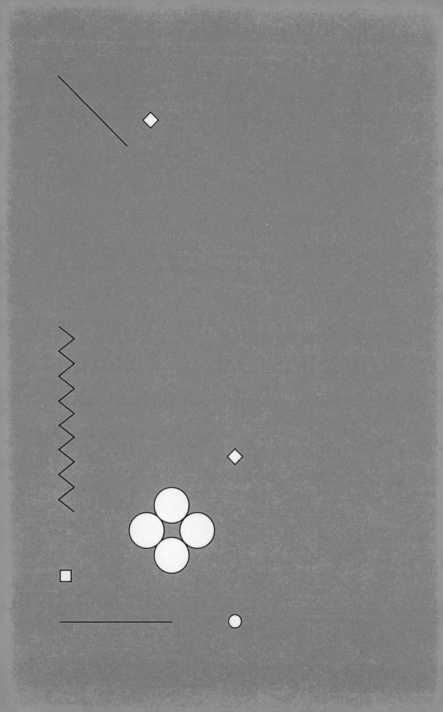

PART 1　　흔들리며 살지만, 다행이다

오늘의 내가
그때의 나에게

부케를 받았다. 친한 선배인 R에게. 아이러니하게도 나는 정확히 이 부케를 받기 2주 전에 파혼했다. 결혼의 행복에 푹 빠져 있는 예비 신부에게 차마 나의 파혼 소식을 알릴 수가 없어서 그냥 받아 버렸다.

파혼하지 않았더라면 한 달 뒤에 나도 누군가에게 이런 부케를 전했을까. 하얀 부케를 손에 든 채 지하철 역사 벤치에 멍하니 앉아 상념에 젖어 들었다.

꽃 같은 날들은 아니었다. 그 사람과 나의 시절은. 놀아 보니 어쩌면 이리도 주고받은 상흔만이 가득할까. 좋았던 날보다는 아프고 시린 날이 더 많았다. 내가 왜 그 사람과의 결혼을 선택했는지, 어째서 그 사람이었는지…. 수많은 물음이 나의 머릿속을 헤집고 다녔지만 답을 찾을 수가 없었다. 단지 그때 내가 내린 결론은 그랬다. 그냥 지금의 시간에 기대어 흘러가자고.

11월의 하얀 부케는 겨울의 빛깔이 꽃잎 위에 내려앉자 '채앵' 하고 날카롭게 튕겨 내었다. 그 조각 같은 칼날이 눈에 시리게 파고들더니 마침내 굵은 눈물방울이 '투둑투둑' 쉴 새 없이 떨어져 꽃잎을 적셨다.

시간이 얼마나 흘렀는지도 모르게, 지나치는 낯선 시선

의 차가움 속에서, 그렇게 심장에 꼭 박힌 아픔을 토해 내었다. 부케를 가슴에 꼭 끌어안고서.

바보 같은 나라서 울었다. 그저 참고 버틴 내가 아파서 울었다. 놓쳐 버린 내 사랑이 아까워서 울었다. 이 지옥 같은 시간을 어떻게 이겨 내야 할지 몰라서 울었다. 우는 거 말고 할 줄 아는 게 없어서, 할 수 있는 게 없어서 울었다.

그날로부터 매일 나는 스스로를 다그쳤고, 채근했고, 그리고 충분히 아파할 위로의 시간을 주지 않았다. 아픈 나를 이리저리 휘둘러 정신없이 몰아갔다. 그렇게 견디는 것 말고 다른 건 생각할 수가 없었기에, 꼭 미칠 것만 같았기에.

그 모든 순간은 꽃 같은 시간이었다고, 상처가 꽃이 되는 날들이었다고, 그렇게 꽃 같은 위로로 나를 다독여 주었더라면. 아파도 되고 울어도 되고 고통 속에 몸살을 앓아도 괜찮다고 말을 해주었더라면 좋았을 텐데….

몇 년의 시간이 흐르고 문득 돌아보니 나는 스스로에게 참 잔인하고 잔혹했다. 가만히 눈을 감고 심장께에 손을 얹고 다독다독 위로를 해 본다.

'잘 버텨 주어 고마워. 그 시간을 잘 이겨 내서 감사해. 그때의 네가 없었더라면 지금 이만큼 살고 있지도 못하겠지. 끝까지 나를 포기하지 않아 주어서 얼마나 다행인지 몰라. 나는 네가 참으로 애틋해.'

온 우주의 따뜻함과 다정함을 한데 모아 그때의 나를 그러안았다.

'후회하지 않아도 돼(토닥토닥). 칼날 같은 그 시간도 내 인생의 어느 한 조각에 꼭 필요했던 거야(토닥토닥). 그때의 선택이 비록 아픔과 상실이었을지라도 그건 그뿐인 일이야.'

지금의 내가 지난날의 나에게 말한다.

"바람이 분다. 매일 나에게는 더 좋은 게 오고 있어."

밥 좀 망해도
지구는 말짱하다

"나 말이야… 밥이 망했어…."

흑흑. 핸드폰 저편에 있는 Y의 목소리를 듣자마자 울음을 터뜨려 버렸다. 쉬지 않고 끄윽끄윽 숨이 넘어갈 때까지 울음을 멈추지 않는 나를 Y는 그저 끈덕지게 기다려 주었다.

그렇게 얼마의 시간이 흘렀을까. 내 울음소리가 잦아들 즈음 Y는 그제야 한마디를 내놓았다.

"많이 놀랐구나."

그랬다. 많이 놀랐다. 밥이 망해서. 처음 있는 일이었다. 밥이 망한 건.

그해 여름은 뭐 하나 매끄럽게 굴러가는 일이 없는 날들이었다. 하던 일도 그렇고, 뭐든 하는 것마다 어그러져 마음이 점점 무너져 가던 때였다.

뭐부터 어떻게 잘못된 건지, 어디서부터 균열이 생긴 건지, 지금 잘살고 있는 건지, 내가 이렇게 사는 게 맞는 건지…. 마치 망망대해의 파도에 이리저리 휩쓸려 부유하는, 끈이 끊긴 부표 같았다. 온전히 이 세계에서 타인이 돼버린 것만 같았다. 내 시간을 아무리 되감아 보아도 찾을 수가 없었다.

내가 누구인지, 무엇을 하는 사람인지도 기억나질 않아서, 꼭 나를 잃은 것만 같아서. 그렇게 내가 점점 닳고 희미해져 곧 이 현실 어디에서도 나란 사람이 존재했던 흔적조차 찾을 수 없을 것만 같았다.

하루하루가 전쟁 같았다. 마주 오는 내일으로부터 도망치고 싶은 마음을 어쩌지 못해, 그런 무망감에 휩싸여 밤마다 무릎을 꼭 끌어안고 '끅끅' 처절하게 울었다.

하지만 그럼에도 나의 이런 상황과는 아무런 상관도 없다는 듯 새로운 시간은 어김없이 또 흘러들었다.

무수한 밤을 넘긴 어느 날 아침. 막 잠에서 깬 눈꺼풀을 들어 올리는데 꽤 무거웠다. 천천히 일어나 화장대 거울에 얼굴을 비추니 몰골이 엉망이었다. 전날 얼마나 울어댔는지 얼굴과 눈이 퉁퉁 부어 벌겋게 달아올라 있었다. 엉망진창이 된 얼굴을 마주하고 있자니 다시금 눈물이 차올랐다. 슥슥 손등으로 대충 눈을 비벼 닦고 주방으로 갔다. 마음도 고프고 배도 고파, 밥을 해야겠다는 생각에 무작정 쌀부터 씻어 밥솥에 안쳤다.

10여 분 후 '치익', 압력밥솥 안에 갇혀 있던 더운 김을 한 차례 빼내고 뚜껑을 열어 주걱으로 휘휘 밥을 뒤집어 섞는 순간, 얼굴 근육이 딱딱하게 굳어졌다.

밥이 망했다.

망한 밥은 총 3단이 돼있었다. 아래층은 까맣고 중간층은 설익었으며 맨 위층은 생쌀로 완성된 밥. 주걱을 든 손이 일순간 제 할 일을 잃고 허공에서 휘이 겉돌았다.

3단 밥을 마주하고 있자니 당황스러움이 한꺼번에 밀려들어 그대로 미끄러지듯 주저앉아 대성통곡을 했다. 누군가는 밥 한번 망할 수도 있지 그거 좀 망한 게 뭐 그리 대수냐고, 뭐 그리도 세상 무너질 일이냐고 할 수도 있겠지만 내게는 그런 게 아니었으니까.

내 인생이 이렇게 버려야 할 것만 가득해서 망한 채로 종지부를 찍는 듯한 느낌에, 그런 마음이 '후욱' 명치께를 타고 올라왔다.

그렇게 한참을 울다가 망한 밥이 꼴도 보기 싫어 그 채로 쓰레기통에 탈탈 털어 버렸다. 단 한 톨도 남기지 않고.

이대로 무너져 버리면 그땐 정말 어쩌나 싶어서, 내 인생에 서려 있을 어떤 실패들이 무섭고 두려웠다. 주저앉고 다시 일어서는 것에 대한 용기가 결여돼있는 시기였으므로.

아무것도 보이지 않는 컴컴한 어둠 속에 갇힌 채로 그렇게 뒷걸음질 치고 있었다.

하루, 이틀, 사흘, 나흘… 한 달, 두 달의 시간이 지났을 때였다. 책장을 쭉 훑는데 문득 오래전에 읽은 책 한 권이 눈에 들어왔다. 집어 들고 책장을 촤라락 넘기는데, 이런 문장이 심장에 비집고 들어와 어둠 속에 가려진 길을 가르기 시작했다.

"엘리자가 말했어요!

세상은 생각대로 되지 않는다고.

하지만 생각대로 되지 않는다는 건 정말 멋지네요.

생각지도 못했던 일이 일어나는 걸요."

갑자기 '풋' 하고 웃음이 터졌다.

그래, 잠깐 좀 그래 보지 뭐. 내 인생의 어느 한 귀퉁이 정도 내주면 어떤가. 그렇다고 삶이 망가지거나 망하는 것도 아닌데.

가끔은 좀 망치고 망가지거나 망해 보는 것도 괜찮다고.

빨간 머리를 한 앤이 다부지게 한 말이니까 한번 믿어 보기로 했다. 그 순간 살랑, 마음에 따뜻한 공기가 한 줌 불어와 내려앉았다.

뜨겁게 아프고 탈 것 같은 두려움에 옹송그렸던 그 여름. 나는 파랗게 펼쳐진 하늘 위로 녹음이 짙은 맑은 길가에 빨려 들어가듯 발을 꺼내 놓았다. 어둠이 사라지고 환한 빛이 드리워져 깊은숨이 '후우' 쉬어졌다.

살고 싶다는 절실함. 그곳에서 나는 담담하게 나를 다독였다.

그냥 지금은 이런 시간이려니.

아플 땐 그저 쨍쨍한 하늘을 올려다보며 후욱 크게 숨을 들이켜 햇볕의 기운을 가득히 받아 보자고. 내 속을 저 뜨끈한 햇볕으로 빵빵하게 채워 보자고.

그다음에는 천천히 '후우우욱' 내 안의 나쁜 공기는 뱉어 공기 중에, 바람결에 흩어 버리자고.

그렇게 툭툭 털고 말아 버리자고.

어차피 해는 뜰 때가 되면 뜨고, 꽃은 필 때가 되면 피며, 열매는 맺힐 때가 되면 맺듯, 나의 날도 그게 좋은 것이든 나쁜 것이든 눈부시게 계속 이어질 테니까.

울어 본 적이
없어서

방송작가로 갓 입봉한 시절이었다. 매주 2~3일씩 밤을 새우며 방송 준비를 하다 보면 응급실 신세를 지는 것쯤은 예삿일이던. 그날이 꼭 그랬다.

갑자기 앉아 있던 의자가 축축해서 확인해 보니 붉은 선혈이 묻어 있었다. 화장실에 가서 보니 바지까지 붉게 젖어 있었다. 하혈이었다. 이걸 어째야 하나. 택시를 타자니 택시 시트를 버릴 것이기에 친구에게 전화를 걸었다.

"나 하혈해. 병원에 가야 하는데, 나 좀 데려다 주라."

30분 후 친구의 차를 타고 응급실로 향했다. 오른쪽 팔에 얌전히 꽂힌 링거 바늘을 보고 있자니 얕은 한숨이 비어져 나왔다. 이렇게까지 해서 살아야 하는 건가 싶고 내가 지금 뭘 하고 있는지도 모르겠고. 인생이 나한테만 가혹한 걸까 싶어서… 모든 것으로부터 도망가고 싶었다. 끝없이 펼쳐지는 오르막길이 무서워서 눈물이 날 것 같았다.

이런 내 마음을 느꼈는지 친구가 담담한 어조로 물었다.

"너, 괜찮아?"

"응."

"진짜 괜찮은 거 맞아? 집에 알려야 하는 거 아니야?"

"알려봤자 걱정만 하지, 됐어."

친구는 씁쓸한 얼굴로 파리하게 누워 있는 나를 바라볼 뿐이었다.

"나 괜찮아. 그러니까 그런 눈으로 볼 거 없어."

"힘들면 힘들다고 차라리 말이라도 해. 어휴, 속 터져."

힘들다고 속 시원히 내뱉으라는 친구의 말에, 가까스로 붙들고 있던 이성의 끈이 끊어질 것만 같아 재빨리 마음을 다잡았다.

"울면 다 무너져. 지금까지 버텨 온 거."

우는 게 그렇게도 억울했다. 내가 결국 진 것만 같아서. 아무것도 아닌, 이런 별스럽지 않은 일에 무너져 버릴까 봐. 그래서 자신을 속이고 합리화하기로 한 것이다. 겨우 이까

짓 일이라고. 이따위 건 별거 아니라고. 내가 이길 수 있다고.

그렇게 터져 나오려는 눈물을 꾹꾹 눌러 참아 내는 나를 친구는 가만히 안고 토닥여 주었다. 마치 울어도 괜찮다고 말하는 것처럼.

그러나 나는 끝까지 울지 않았다. 두 주먹을 꼬옥 말아 쥔 채로. 손톱이 손바닥을 파고들 때까지.

그런 나를 보던 친구가 손을 꼭 잡으며 말했다.

"이 미련한 X. 그냥 울어 좀!"

기어이 친구는 내 두 눈에서 눈물을 뽑아 올렸다. 쉴 새 없이 떨어지는 눈물방울을 보며 나는 당황했다. 내가 이렇게까지 많은 눈물을 흘릴 수 있는 사람이었구나 싶어서. 그동안 이 많은 눈물을 가두고 어떻게 살았나 싶어서.

링거를 다 맞을 때까지 눈물은 멈추지 않았다. 벌겋게 부어오른 내 눈을 본 친구가 피식 웃었다.

"실컷 울고 나니까 시원하지?"

이렇게 울어 본 게 얼마 만인가. 사실 기억도 잘 나지 않았다. 눈두덩이에서 뜨끈뜨끈한 열기가 느껴졌다.

"그러네. 이 좋은 걸 그동안 왜 그렇게 안 하려고 바득바득 우기며 살았나 몰라."

머쓱하게 대꾸하는 내 얼굴을 빤히 들여다보며 친구가 말했다.

"너 지금 얼굴 엄청 예쁘다, 야."

우리는 서로 마주 보며 깔깔깔 웃어대기 시작했다. 흘린 눈물만큼 더 다정하게, 더 애틋하게.

나는 울어도 되는 상황인지 아닌지 모를 때는 울지 않는 선택을 했다. 눈물이 흐를 것만 같을 때는 한숨에 꿀꺽 삼켰다. 슬픔을 눈물로 표현하는 대신 한 호흡에 웃어 버렸다.

그런 날들을 살아온 나를 떠나보내며 스스로에게 건넨 말.

'우는 방법 같은 건 몰라도 돼. 울고 싶은 날에는 그냥 울어 버리자. 울어야 할 때 울 줄 아는 너는 반짝반짝 빛이 나니까.'

상처가
  꽃이 되는 시간

세상을 살다 보면 필연적으로 만나게 되는 이런 사람과 그런 사이가 있다.

여느 사람은 모르는, 찰나의 순간에 스치듯 흐르는 나의 울적한 얼굴을 봐 두었다가 무심한 듯 초콜릿을 건네는 사람. 전적으로 내 편이 돼 주고, 무엇이 잘됐든 잘 안됐든 그런 건 아무래도 상관없다는 듯 끝까지 내 곁에 머무를 것 같은 사람. 꺼릴 게 없고 그냥 옆에 있는 것만으로도 힘이 되는 사이.

상처에 지독히 매여 살던 때가 있었다. 나만 모자란 것 같고, 잘못 산 것 같아서, 그래서 나만 낙오자가 된 것 같았다.

세상에 내 아픔보다 더한 아픔이 없다는 생각이 들고, 나의 상실을 그 누구도 헤아릴 수 없다는 마음에 더는 이렇게 살지 못할 것만 같아서.

그런 우울감과 지난한 고독 속으로 끊임없이 나를 몰아넣던 때였다.

꼭 그런 날, P를 만났다. 요란하지 않아도 함께 있으면 잔잔한 행복감을 채워 주는 그 사람을. 외로움과 방황 속에 침잠하던 나를 돌아봐 주고 손을 잡아 준 P. 그와의 날들은 상한 나의 지난 시절에 꽃밭이 되었고, 자욱하게 안개로 덮인 내 세계에 무지개를 그릴 수 있게 했다.

서로가 있기에 참 다행이라고, 내가 네 옆에, 네가 내 옆에 있어서 참 좋다고 생각했다. 별거 아닌, 같이 손잡고 있는 것만으로도 웃을 수 있어서 행복했다.

서로에게 큰 기대나 바람으로 상처 주지 않는 우리였기에 좋았다. 그저 네가 너여서 좋고, 내가 나여서 좋은 것처럼, 그런 우리여서 기뻤다.

P와 있으면 시간이 어떻게 가는지 모르게 흐르곤 했다. 서점이 폐점할 때까지 서로 좋아하는 책을 읽던 시간 속에, 단골 분식집에 마주 앉아 밥을 먹던 초침 속에, 햇살 좋은 날 가로수 길을 거닐던 발걸음 속에. 우리는 그렇게 줄곧 함께였다.

그랬던 우리에게 예고도 없이 불쑥 끝이 찾아왔다. 어쩌다 겪는 트러블 때문에 '특별한 우리'가 '아무것도 아닌 우리'로 전락해 버린 날이. 별것 아닌 사소한 일이 불거져 함께했던 모든 날과 시간이 정말 거짓말처럼 아무것도 아니게 되는 순간이.

'우리는 언제나 함께'라는 마음이 언제였나 싶게. 힘겨운 날에 서로의 곁을 내주며 위로하던 손길이 진심이었나 싶게. 우리가 우리로 있던, 정말 그렇게 지낸 적은 있었는지 알 수도 없게.

그러다 자책하기도 하면서. 내가 너에게, 네가 나에게, 우리의 특별함이란 게 딱 여기까지인가 싶어서. 정말 딱 그 정도로만 마음을 허락했던 건가 싶어서.

정말 별거 아닌 그 어떤 것 때문에 우리 사이가 아무것도 아니게 돼버렸다는 거. 딱 요만큼의 그것 때문에 남보다도 못한 사이가 돼버렸다는 거. '상처'라는 못된 글자만 서로에게 심어 주었다는 거. 그렇게 멀어져 버린 우리.

지금은 보지 못하더라도, 소식을 알 길이 없더라도 나는 가끔 P를 생각한다. 그래서 생각이 나면 생각하고, 불쑥불쑥 아무 때고 찾아오는 기억의 조각을 애써 치우거나 지워 내려 하지 않고 그저 내버려 둔 채, 그렇게 우리의 시간이 흘러가도록.

그와의 기억들이 흐르며 지난 자리에는 언덕마다 연둣빛, 노란빛, 쪽빛 색들이 채워진다. 그와 겪은 시간들이 내내 아파 신음하던 곳에, 황폐하게 무너져 내린 마음의 성벽에, 처참히 짓밟힌 시간에.

그렇게 조금씩 단단해지고, 상처가 그렇게 나쁜 것만은 아니라는 것도 알게 되고, '그게 그렇더라' 하며 어느 때엔 감사도 하면서. 겹겹이 채워진 아픔 위에도, 하늘은 언제나 눈부시게 반짝이도록 나를 비추고 있다는 걸 알았기에.

너라는 상처가 내게 가르쳐 준 건 내가 깊어지는 거. 나의 그늘이 누군가의 그늘을 바라볼 수 있게 하는 시선을 갖게 한다는 거. 그래서 누군가의 상처를 바라봐 주고 품어 주고….

그렇게 상처도 꽃이 될 수 있다는 거.

너라는 상처가 내게 가르쳐 준 건

내가 깊어지는 거.

나의 그늘이

누군가의 그늘을 바라볼 수 있게 하는

시선을 갖게 한다는 거.

그래서 누군가의 상처를

바라봐 주고 품어 주고….

그렇게 상처도 꽃이 될 수 있다는 거.

마음을
잘 버리는 일

"너처럼 웃으면서 할 말 다 하는 애는 처음 본다, 진짜."

주변 지인들이나 선배들에게 많이 듣는 말이다. 웃으면서 조곤조곤 자기 할 말 다 하는 애. 그것도 꽤 직설적으로 (그렇다고 상대의 마음을 다치게 하는, 일부러 비꼬는 화법을 쓰는 건 아니다).

꼭 해야 할 말은 반드시 전하다 보니 상대에 대해 안 좋은 감정을 쌓아 두는 일이 적다. 개인저인 끤게에서건 비스니스 관계에서건 말이다.

나의 모든 관계는 1차원에서 시작한다. 미안한 건 미안하다, 고마우면 고맙다, 좋은 건 좋다, 싫은 건 싫다. 내 마음을 솔직하고 담백하게 전하려고 노력하는 편이다.

누군가가 나로 인해 마음이 상한 듯하면 상대에게 직접 묻는 것을 선택한다. 상대가 나 때문에 무언가 속상해하는 게 느껴지는데, 주변 사람에게 "지난번 일 때문에 그 사람이 기분 나쁜 거 맞지?"라고 확인하는 건 왠지 시간 낭비, 감정 소모라 여겨지므로…. 주변 사람이 '감히' 추측으로 알아낼 수 있는 마음이 아니니까. 그래서 나는 이런 문제에 직접적으로, 1차원적으로 다가가는 것을 선호한다.

"혹시 말이야, 나 때문에 마음이 상하거나 화난 게 있어?"

상대가 그렇지 않다고 하면 내가 그렇게 느낀 부분에 대해 설명하고 웃으면서 넘어가면 되는 일이다. 반대로 나의 어떤 실수로 상대의 마음이 다쳤다면 사과해서 맺힌 마음을 풀어 주어야 하는 게 아닐까.

대학을 졸업하고 프로덕션에 입사해 작가 일을 시작할 때였다. 결론부터 말하자면 나는 이곳에서 일한 6개월 치 월급을 거의 떼였다. 반년 동안 일하고 받은 월급이 총 120만 원이었으니까.

그때의 나는 누군가에게 싫은 소리를 하거나 무언가 어려운 마음을 꺼내 놓는 걸 꽤 힘들어했다. 결국 내가 월급을 떼인 이유는 '월급 달란 말을 못 해서'였다.

나중에 안 사실은 프로덕션 사정이 여의찮아 부도 직전이었고, 수습이 불가하다는 결론에 이른 사장은 방송사에서 마지막으로 입금된 돈을 들고 잠적했다는 것이었다.

그때 나는 돈을 떼인 것보다 나 자신이 한탄스러워 죽을 노릇이었다. 왜 바보같이 월급 달란 말을 한 번도 못 한 건지. 아니란 걸 알면서 멍청이처럼 왜 그렇게 '예스, 예스' 했던 건지.

그리고 이 끝에 다다른 결론은 말 안 하고 참는다고 해서 알아주고 배려해 주는 건 하나도 없다는 것. 내뱉고 싶을 때는 내뱉어야 마음에 독이 안 쌓인다는 것.

너무 참아서 내가 얻은 건 화병이고, 호구 잡혔다는 소리였으니까. 이후로 내가 제일 싫어하게 된 말이 있다.

'좋은 게 좋은 거다.'

사회생활을 하며 인간관계를 맺다 보면 범하기 쉬운 오류다. 좋은 게 좋은 건 과연 누구를 위한 걸까? 어쩌면 이 말은 내가 아닌 상대에게 더 좋은 구실이 아닐는지. 사실 따지고 보면 '좋은 게 좋다'라는 것은, 결국 나만 참으면 상대에게는 영향이 없다. 속이 상하거나 화난 마음은 오롯이 나만의 몫이니까. 그래서 오늘 밤에도 침대 위에서 '이불킥' 같은 걸 해댄다. 왜 바보처럼 오늘도 참기만 했을까 싶어서…. 이렇게 차곡차곡 쌓인 마음은 결국에는 곪아 문드러지거나 폭발해 터져 버린다. 화병으로 머리를 싸매고 드러눕거나 미친X가 되거나. 그래서 그때그때 마음을 잘 버리는 일은 아주 중요하다.

매일 청소하지 않으면 먼지가 쌓이고 점점 묵은 때로 얼룩지게 된다. 이 묵은 때를 벗겨 내는 작업은 여간 어려운 게 아니다. 세제를 뿌리고 수세미로 박박 문지르는 수고를 해야 한다. 그러나 매일 청소해서 깨끗함을 유지하면 먼지 터럭 몇 개 앉는다고 문제가 되지 않는다. 툭 털어 내면 금방 날아가 버리니까.

마음도 마찬가지다. 몸뿐만 아니라 마음에도 디톡스가 필요하다. 매일 쌓이는 마음의 찌꺼기와 오물 같은 감정을 그때그때 잘 버려야 한다. 독소가 되지 않도록. 내가 나에게 못된 마음을 품지 않도록. 내가 나를 미워하지 않도록.

몸뿐만 아니라 마음에도 디톡스가 필요하다.
매일 쌓이는 마음의 찌꺼기와 오물 같은 감정을
그때그때 잘 버려야 한다.

독소가 되지 않도록.
내가 나에게 못된 마음을 품지 않도록.
내가 나를 미워하지 않도록.

나는
　　있는 그대로의
너를 사랑한다

요즘 서점이나 SNS에 떠도는 인기 글을 보면 나 자신을 사랑해야 한다는 글귀가 유독 많다. '나를 소중히 대해라', '나를 사랑해라', '나에 대하여', '나만을 위한'….

이런 글에 공감하고 위로받는 사람이 참 많다는 생각도 하지만, 한편 안타까운 마음도 든다. 나를 사랑할 줄 모르는 것은 참 슬픈 일이다.

나도 한때 '내가 나에게 시리도록 가혹하게' 대하던 시절이 있었다. 먹지도 자지도 않으며 프로그램을 서너 개씩 하기도 했고, 술과 담배를 달고 살았다. 여하튼 나 자신에게 좋지 않은 것만 골라서 하며 살았으니까. 그런데 이런 육체적 학대보다 더 심각했던 건 내 영혼을 병들게 하는 습관이었다.

'괜찮다.'

이 한마디가 나에게 그랬다. 전혀 괜찮지 않은 상황에서도 괜찮다며 누르고, 괜찮지 않은 나를 외면해 버렸다. 그렇게 방치하고 들여다보지 않았다. 그러다 보니 겉과 속이 다른 내가 형성돼 갔다. 겉은 웃고 있는데 속은 갈수록 우울하고 아프기만 했다. 왜 이런 지경이 되었는지 이유도 찾을 수 없었다. 나는 나를 사랑하지 않았고, 사랑할 수 없는 존재라고 여겼다.

그렇게 얼마나 시간이 지났을까. 어느 가을날 우연히 내면 치유 수업을 듣게 됐다. 그리고 처음으로 알았다. 내 마음이 건강하지 않다는 것을. 상처투성이의 내가 보였고, 그 상처를 마주하는 상황을 두려워하고 있다는 걸 알게 되었다. 그러나 이젠 피할 수도, 외면할 수도 없었다. 내가 더 망가지게 둘 수는 없었기에.

나는 내 안의 나를 정성껏 들여다보기 시작했다. 그 시간을 겪는 과정은 차라리 죽는 게 낫겠다 싶을 정도로 힘들고 괴로웠다. 내 안의 상처를 들여다보고 마주한다는 건 내 속에 두껍게 쌓인 썩은 껍질을 벗기고 또 벗겨 내는 작업이다. 썩은 껍질은 피딱지가 되고 찐득한 진물이 엉겨 있어 떼어 낼 때 여간 아픈 게 아니다. 그래서 어떤 날에는 더 이상 버틸 힘이 없어 그만 포기하고도 싶었다. 그럼에도 이를 악물며 견뎌 낸 것은 그 아픔을 참고 상처 껍질을 벗겨 낼 때마다 저 밑에 있는 진짜 내가 보였기 때문이다. 그와 조금씩 가까워지고 있었기 때문에.

썩은 낙엽을 헤치고 파냈을 때 그 속에 동그마니 무릎을 말고 있는 말간 모습의 내가 보였다. 원래의 나. 반짝반짝 빛나는 나. 나는 그쪽으로 손을 내밀었다. 그동안 미안했다고 사과도 했다. 그날 눈물이 미어터지게 쏟아졌다. 어쩐지 내 안의 내가 반갑기도 하고, 영영 잃기 전에 진짜 나를 찾았다는 안도감이 내려앉았다. 상처와의 지난한 싸움이 갈무리될 무렵이었다.

"요즘 무슨 좋은 일 있어? 안 본 사이에 좀 변한 거 같아. 뭐랄까, 분위기가 많이 바뀐 거 같아."
"너 얼굴빛이 되게 좋아진 거 알아?"

나의 상처 껍질을 벗기는 작업 중 하나는, 더하지도 빼지도 않고 '지금의 나'를 그대로 대면하고 인정하는 거다. 부족한 나도 그러안는 것. 어쩌면 나는 잘하는 것보다, 뛰어난 것보다 모자라고 실수하고 연약하고 나약한 부분이 많은 존재라는 것. 그게 바로 나라는 사람이다. 무언가 특별히 잘하기 때문에 주변 사람들이 나를 사랑하는 게 아니라고. 그러니까 스스로를 너무 몰아붙이며 사랑받기 위해 애

쓰지 말자. 나는 있는 그대로 충분히 사랑받을 자격이 있는 사람이니까. 부족해도 나고 실수해도 나다. 이런 나를 아낌없이 사랑하는 사람들이 곁에 있다는 걸 기억하자고.

언젠가 내가 쓴 글을 심하게 평가한 사람이 있었다. 예전 같았으면 '왜 이거밖에 못 했을까', '어째서 이렇게밖에 안 됐을까'라는 생각에 갇혀 몇 날 며칠 골머리를 앓으며 자괴감과 박탈감에 몸부림쳤을 테지만 지금의 나는 전혀 그렇지 않다(물론 정성스레 쓴 글을 폄하하고 비난조에 가까운 말을 들으면 속이 상하는 건 사실이지만 그날의 평가가 지배적으로 나를 괴롭히지는 않는다).

이런 날이면 좀 이상하다고 볼 수도 있겠지만, 나는 내 엉덩이를 토닥토닥해 준다. "오늘도 수고했어!"라고 말이다. 그 한 줄의 문장과 글을 써 내려가느라 고민하고 고심했던 내가 기특해서.

나를 사랑하는 일의 첫 단추는 있는 그대로의 나를 바라봐 주는 것이다. 내가 나에게 자꾸 가면을 씌우고 포장을 덧입힐수록 진짜 나는 가려진다. 그런 나를 보지 못하면 영영 누군가의 복사본으로만 살다가 생을 마감하게 될 것이다.

실수 하고, 좀 부족하면 어때. 내가 잘할 수 있는 걸 생각하자. 다른 사람을 따라가지 말고 나에게 집중하자. 비교도 하지 말자. 저 사람은 저게 탁월하고 내게는 저들에게 없는 탁월함이 있으니까. 나는 오늘도 내 안의 내게 담담한 위로를 건넨다.

나는 있는 그대로의 너를 사랑한다고.

내가
그리워한 것은

한 해가 저물어 가는 12월. 누군가는 지난 일 년에 대한 결산을 하고, 누군가는 곧 다가올 내년을 설레는 마음으로 기다리고, 또 누군가는 남은 12월의 시간을 좋아하는 것들로 촘촘하게 채운다. 잃어버린 것의 아쉬움과 모난 날들에 안녕을 고하며, 새날의 기대로 한껏 빈자리를 채운다. 그렇기에 12월은 많은 것이 쌓이는 달이고, 겨울은 소소한 바람으로 채워지는 계절이다.

눈 내리는 12월 중순의 어느 날, 문득 그 계절이 미치도록 그리운 날이 떠올랐다. 오래전부터 써 온 다이어리 박스를 꺼내 열어 보니 새록새록 지난 시절 생각이 솟아나 가슴을 따뜻하게 덥혀 주었다.

스물두 살의 대학생 시절에 쓴 다이어리. 촤락 펼치다 보니 그 시절 사진이 숨어 있었다. 촘촘히 내린 앞머리에 지을 듯 말 듯한 웃음기를 머금은, 지금은 어디에 살고 있는지조차 모르는 그때의 인연과 다정하게 찍은 사진 한 장.

생각해 보니 그때 사진 속 W와 참 잘 어울렸다. 어쩌다 연락을 안 하게 되었는지 기억도 잘 나지 않는다. 다만 W와 꽤 친하게 지냈고, 뭐 그리 대단한 일들이 있었는지 매일같이 만났던 기억이 난다.

'애는 잘살고 있나? 지금쯤 뭐 할까?'

'결혼은 했을까? 결혼했으면 아이는 있나?'

'그때 만나던 남자 친구랑 헤어지고 되게 힘들어했는데…. 연애는 하려나?'

'지금 어떻게 살고 있을까? 이 아이는.'

그러다 문득 이런 생각이 들었다.

'W는 나를 기억할까?'

어쩌면 아주 기억을 못 할 수도 있고, 또 어쩌면 지금의 나처럼, 이따금 나란 사람이 문득문득 떠오를 수도 있을 것이다.

사실 W가 나를 전혀 기억하지 못한다고 해도 마음이 상하지는 않는다. 어쩌면 그때 그 시절보다 더 나은 행복이, 그런 삶이 채워져서 나와의 시간이 조금 멀리 떠밀렸을 뿐. 그래서 기억이라는 건 잊히는 게 아니라 지금이 더 좋기에 과거의 시간이 점점 뒤로 밀려나는 건 아닐까.

그렇게 저렇게 살아가다 어느 때에 뒤로 밀렸던 기억 한

줌이 몽글하게 솟아 팍팍한 지금을 위로하기도 하고, 순간을 웃게 하는 힘이 된다. 나의 삶에 이런 일부분이 있다는 건, 어쩐지 내가 꽤 괜찮은 삶을 살고 있다는 뿌듯한 자부심이 돼주기도 하니까.

그러다가도 그 사람은 역시 나를 잊었을까 생각이 들 때면 서글퍼지기도 하지만, 또 그 나름대로 그리움이 되기도 한다.

삶이란 어쩌면 그리움의 연속일 수도 있으니까. 그렇기에 누군가에게 잊힐까 두려워하지도, 걱정하지도 말길. 또 애써 누군가의 기억에 남기 위해 스스로를 괴롭히지 말길.

등산하다 힘들면 가끔 산 중턱에 앉아 숨을 돌린다. 그때 지고 있던 배낭에서 잘 씻어 챙겨 온 오이를 꺼내 한 입 베어 물 때의 상쾌한 기분처럼 기억 속에 있는 누군가와의 시간은 그런 것이 아닐까.

허덕이는 인생의 어디쯤에 서서 잠시 눈을 들어 먼 데를 바라보며 숨을 '하아' 몰아쉬게 하는 힘. 누군가의 기억 속에 살고 있다는 것, 그리고 내가 누군가를 기억하고 산다는 것은 서로의 기억에 기댄 채 끊임없이 살아갈 나의 날들을 그리는 거라고.

그때 그 시절의 사진 한 장. 나는 잊고 지냈던 시간만큼의 긴 여정을 뚜벅뚜벅 걸어 들어가 그날들을 들여다보았다. 그때가 선명하게 보여서 키득키득 웃기도 하고 빠르게 흘러가 버린, 다시 오지 않을 과거의 시간이 애잔해서 사진을 쓸어 보기도 한다. 사진 속 W의 얼굴을 더 세심하게 뜯어보기도 하면서.

나는 그날들을 잊지 않았다. 내 인생 어느 지점의 시간들을. 그래서 더 소중하고 안타깝고 애잔하고⋯. 나는 오늘도 내 인생의 그리움을 만들어 가는 중이다. 그리고 지금 이 순간 내가 그리운 것은⋯.

허덕이는 인생의 어디쯤에 서서

잠시 눈을 들어 먼 데를 바라보며

숨을 '하아' 몰아쉬게 하는 힘.

누군가의 기억 속에 살고 있다는 것,

그리고 내가 누군가를 기억하고 산다는 것은

서로의 기억에 기댄 채

끊임없이 살아갈 나의 날들을 그리는 거라고.

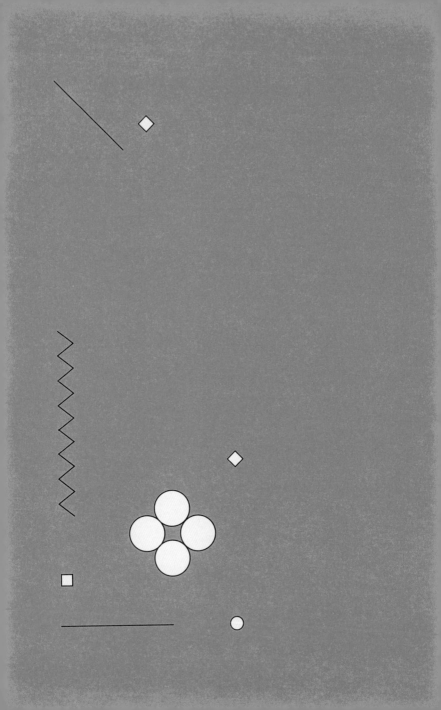

PART 2   괜찮아, 사랑이 아니었을지라도

연애를
모르는 여자

"나 이번 썸도 망한 거 같아."

밤늦은 시각. 핸드폰 너머로 들려온 J의 목소리에는 어떤 쓸쓸함보단 망한 썸에 대한 자조가 섞여 있었다. '이번에는' 이라고 기대했던 그 모든 시간이 '역시나'가 됐던 것이다. 자그마치 한 달이라는 시간과 감정과 금전과 모든 에너지 를 쏟았건만 반전 같은 일 따윈 일어나지 않았다고 했다.

어느덧 서른이 훌쩍 넘어 버렸다. 요즘 결혼 적령기는 갈 수록 늦어지고 느지막한 결혼에 늦은 출산이 대세라고 하 지만. 주변인들이 하나둘 시집을 가고 장가를 간대도 겉으 로는 쿨내도 좀 풍겨 가며 짐짓 여유를 챙기는 척하지만. 어쩐지 남의 결혼식만 돌아다니는 나를 돌아볼 때면 한숨 이 나오기도 한다. 남들은 잘만 한다는 그 결혼이 내게는 왜 이리도 어렵고 힘든 건지 싶어 절망감 같은 감정이 '후 욱' 하고 명치께를 치받아 아픈 것도 사실이다.

소개팅으로 만난 상대들도 어쩌면 하나같이 나와 잘 맞 지 않고, 또 인연이란 건 왜 이렇게 복잡하고 피곤한 건지. 내 마음에 드는 상대는 꼭 뭔가가 안 맞아 그저 그렇게 관 계가 끝나 버리고, 또 나를 마음에 들어 하는 상대는 어쩐지 내 마음이 썩 향하질 않고.

소개팅 주선자의 "좀 어때?"라는 질문에 뭐라 대답할지 몰라 머뭇대다 어렵사리 "나는 좀 아닌 것 같아."라고 말을 꺼내면 한두 번 봐서는 모른다, 좀 더 만나 봐라, 걔가 이런 게 괜찮고 저런 게 괜찮고… 늘어놓는 훈수를 계속 듣다가 결국 진이 빠져 버린다.

기가 질리는 통화가 끝난 후, 까맣게 꺼진 핸드폰 화면에 대고 소개팅 주선자는 듣지 못할 혼잣말로 "그렇게 좋은 상대면 네가 만나든가…."라는 마음속에 꾹 눌러 놓았던 것을 툭 뱉는다.

찝찝한 기분을 뒤로하고 심드렁하게 그동안 만났던 남자 친구들을 하나하나 떠올렸다. 대단히 많은 연애사는 아니지만 소개팅이 어그러지고 관계의 치임이 오는 이런 상황이면 대체 뭐가 문제인지 지난 연애를 습관처럼 되짚어 보게 된다.

'걔랑은 그렇게 좋았는데 왜 헤어졌더라?'
'얘는 처음에 어떻게 만났었지?'
'나 없인 못 산다던 그놈은 지금도 잘만 살고 있고….'

무쓸모 무가치의 생각들. 그러다 알게 된 건 한숨을 부르는 나의 연애 패턴이었다.

그동안 만난 남자 친구들을 차분히 떠올려 보니 한 가지 공통점이 있었다. 그러니까 나는 제대로 된 데이트를, 제대로 된 연애를 해본 적이 별로 없었다는 것. 사랑에는 그 언저리마다 주고받은 향기가 나기 마련인데 내게는 그런 게 거의 없었다.

데이트 뭐 별거 있나 싶지만 나의 문제는 연애다운 연애를 할 줄 모른다는 거다. 알콩달콩 깨 볶아 먹는 방법을 모르는 거다. 만난 당시에야 서로 죽고 못 살았다지만 헤어지고 나서는 늘 아픔보다도 이 지난하고 지긋지긋한 상대로부터 벗어났다는 해방감과 정말 잘 헤어졌다는 생각이 마음 깊숙한 곳에서부터 울렸다. 물론 좋아서 만난 상대가 한순간에 남보다도 못한 사이가 돼버리고, 그 어떤 감정적인 것이 채 정리되지 않아 아프기도 하지만, 이 또한 한두 달쯤 지나고 나면 사뭇 괜찮아졌다. 정말 시간이 약이구나 싶기도 하고 말이다.

내 연애는 순차적으로 상대만 바뀌었을 뿐 방식과 패턴은 계속 같았다. 조금도 달라지지 않고 조금도 나아지지 않은 상태로 이어졌다.

나는 정말이지 '연애를 모르는 여자'였다. 불같이 활활 타오르고 그저 같이 붙어만 있으면 다 되는 줄로 알았던 연애 바보. 그저 나를 사랑한다는 사탕발림에 곧잘 속아 넘어가는 여자. 겉으로는 도도하고 고고한 척하지만 끊임없이 상대의 사랑을 확인하려 드는 불안증의 끝판왕.

너무 자기 비하가 심한 것 아니냐고 할 수도 있겠지만, 이걸 포장하고 싶은 생각은 없다. 그간의 나는 정말 그랬으니까.

한번 잘못 길든 패턴은 여간해서 바뀌지 않는다. 아주 치명적인 독성 같은 거랄까. 이번 연애에서는 밀당 같은 것도 없이 너무 마음을 퍼 주기만 해서 약자가 된 것만 같고, 그래서 결국은 사랑에 목말라 '똥 마려운 강아지'처럼 전전긍긍하고. 이런 내가 꼴 보기 싫어서 한탄하다가, '다음번에는 진짜 이런 짓거리는 하지 않으리' 자기 최면도 걸어 가며 굳은 결심을 해본다.

그러다 아픈 상처가 아물어 갈 때쯤 다시 어떤 사람을 만나게 되고, 지난 연애에서 진저리 치며 다짐했던 결심을 꺼내어 마음을 다잡고 또 다잡아 본다. 그러나 이런 결심도

무색하리만큼 얼마 후면 모두 물거품처럼 사그라지고야 만다. 그리고는 기어이 지난 연애와 같은 길을 걷는다.

그렇게 연애가 끝난 뒤, 그 모든 아픔과 상처에서 벗어나기 위해 안간힘을 쓰며 자기 합리화를 펼쳐 나간다. 나와 맞지 않는 상대였다고. 정말 잘 헤어졌다고. 그저 인연이 아니었을 뿐이라고.

하지만 정말 지긋지긋한 건 상대가 아니고 그들과의 연애도 아니었다. 연애의 모든 과정을 두돌이표처럼 되돌리는 나, 내가 근본적인 문제였다. 나는 정말이지 연애를 할 줄 모르는 사람이었다. 연애의 의미 자체를 잘못 이해하고 있는 건지도 몰랐다.

그저 좋아 죽겠다는 표현만 잘한다고 되는 일이 아니란 걸. 늘 보고 싶어 죽겠다는 마음만으로 되는 일도 아니란 걸. 사랑에 미쳐, 그 사랑에 취해서만 되는 것도 아니란 걸. 사랑과 연애는 그렇게나 어려운 거라는 걸.

사랑하기 때문에 더 쉽게 마음이 상한다. 사랑하기 때문에 더 많은 배신감을 느낀다. 사랑하기 때문에 자꾸 욕심이 생긴다. 사랑하기 때문에 무리하게 된다. 사랑하기 때문에 사랑받고 싶어진다. 사랑하기 때문에, 사랑하기 때문에, 그리고 또 사랑하기 때문에.

진짜 연애라는 건 이런 게 아닐까. 그 과정은 따뜻하고 평온하고, 때때로 찬 바람도 불 테지만 쉽게 쓰러지거나 뿌리째 뽑혀 넘어질 일 없는 관계….

그래서인지 나는 아직도 사랑을 믿고 있다. 사랑은 아직 믿어 볼 만한 가치가 충분히 있으니까. 언젠가 내게 다가올 그 사랑을 위하여, 나를 위하여, 그리고 잔잔한 그날들을 위하여 세레나데.

나는 아직도 사랑을 믿고 있다.

사랑은 아직 믿어 볼 만한 가치가

충분히 있으니까.

언젠가 내게 다가올 그 사랑을 위하여,

나를 위하여,

그리고 잔잔한 그날들을 위하여

세레나데.

세련된 연애는
오후 3시에 결정된다

"요즘 몇 시에 소개팅하는 줄 알아?"

L이 기가 막히다는 듯 말했다.

"글쎄, 점심 아니면 저녁때 아니야?"

보통 그런 시간이 아니냐는 듯 어깨를 으쓱해 보이는 내게 L은 답답하다는 듯 대꾸했다.

"요즘은 오후 3시에 만나."

뭘 하기에도 애매하고 뭘 안 하기에도 애매한 시간, 오후 3시라고 했다. 어찌 보면 무료하기 그지없는 시간. 도대체 왜 이런 어정쩡한 시간에 약속을 정하는 건지 알 수가 없었다.

나의 의문에 대한 L의 답변은 간단명료했다. 한마디로 투자하지 않기. 상대가 마음에 들지 않는 경우, 그냥 커피나 한잔 마시고 각자 갈 길을 가자는 무언의 규칙 같은 거라고 했다. 다시 만나거나 인연을 맺을 상대도 아닌데 굳이 밥을 먹고 차를 마시고 그것에 보태어 상대의 눈높이에 맞춘 대화까지. 오후 3시라는 시간은 감정과 시간, 칼로리를 소진하지 않겠다는 의지 같은 것이라고 했다. 그녀의 말을 가만히 듣고 있자니 몹시 씁쓸해졌다.

"그렇게까지 해서 만나야 하는 거야?"
"이렇게 안 만나면 뭐, 건수가 있긴 하고? 기회가 없잖아."

L의 요지는 그랬다. 회사와 집만 오가는 날들 가운데 어쩌다 무언가를 배우러 다니는 게 전부인 일상이라고. 이런 쳇바퀴 같은 시간 속에 어디서 인연 같은 게 뚝 떨어지겠느냐고.

"네가 생각지도 못한 곳에서 진짜 인연이 나타날 수도 있잖아. 매일 타고 다니는 지하철에서, 버스에서, 우연히 들어간 식당 같은 데서."

그녀는 콧방귀를 뀌며 말했다. 그런 건 드라마에서나 일어나는 일 아니냐고. 네가 말하는 그런 만남은 현실에는 없는 거나 마찬가지일 거라고.

"생각도 못 하냐? 인생을 왜 그리 재미없게 살아? 돈 드는 것도 아니고. 이런 짜릿한 상상이 삶을 얼마나 윤택하게 하는데."

삶을 반질반질하게 해줄 그 짜릿한 상상은 지금 자신의 현실에 턱도 없다는 듯 L은 그저 절레절레 고개만 흔들 뿐이었다.

지금까지 소개팅에서 마음에 드는 상대를 찾는 것도, 빛번 만나서 재고 따지고 해보는 것도 결국은 제대로 된 '나의 사람'을 찾는 행위가 아닌가. 아이러니한 것은 그렇게 기다리고 만남을 거듭하며, 고르고 고르다 시간이 흐르면 '저 사람 정도면 괜찮은 것 같은데… 그냥 만날까?' 하며 결국 타협을 한다는 것이다. 이보다 더 찝찝한 인생 맛이 있을까. 이럴 거면 그냥 혼자 살고 말지.

만나기 전에 미리 상대의 신상 털기 같은 건 하지 말고, 은근한 설렘과 약간의 긴장, 심장을 '쿵' 울리는 기대만 가지고 가자. 설사 현장에서 상대를 보고 마음이 '와장창' 무너져 실망하더라도 말이다.

타협하지 말고 조금은 당당하게, 상대가 이럴 것이다 저럴 것이다. 혼자 온갖 '그럴 것이다'로 채우지 말고 그저 되어 가는 대로, 자연스럽게, 살짝 우아하게, 한 스텝 고고하게.

"나랑 밥 먹고 맥주도 한잔 할래요?"

말할 수 있는 용기가 진짜 인연을 만나게 하는 건 아닐까. 가슴 설레고 애틋한 사랑도, 그런 인연을 만나는 것도 결국은 나와 상대가 같이 차곡차곡 만들어 가는 것이기에.

상대가 이럴 것이다 저럴 것이다,
혼자 온갖 '그럴 것이다'로 채우지 말고
그저 되어 가는 대로,
자연스럽게,
살짝 우아하게,
한 스텝 고고하게.

"나랑 밥 먹고 맥주도 한잔 할래요?"

썸에도
애도 기간은
필요하다

"내 결혼식에 올 거지?"

　G의 책상 앞으로 청첩장이 놓였다. 천천히 고개를 들어 청첩장 주인의 얼굴을 확인한 그녀는 저 이죽거리는 입매에 자신의 주먹을 내리꽂는 상상이 저절로 떠올랐다. 기름진 남자의 얼굴에 침을 뱉는 한 컷도 함께.

　청첩장을 내민 사람은 G와 몇 년이나 썸을 탔던 남자였다. 몇 년을 밀당하더니 결국 결혼은 다른 여자랑 하는 걸로 모자라 썸녀였던 자신에게 청첩장을 내미는 뻔뻔함이라니. 그런데 그의 뻔뻔함은 거기에서 그치지 않았다.

　옛 썸남의 신부가 될 사람이 자신과 얼마 전까지만 해도 붙어 다니던 단짝 후배였다는 것.

　이 어처구니없는 상황과 기분을 무어라 표현할 길이 없어 G는 예비 신부에게 "○○아, 결혼 축하해."라며 그저 웃어 버렸다고 했다. 무색하고 어이없고, 정말 한순간에 바보가 돼버린 것 같다고 했다.

　G와 한때 썸남이었던 그, 그리고 예비 신부는 퇴근 후 술잔을 기울이며 어울리는 사이였다. 사회에서 만난 사람들끼리 흔하지 않게 우정이라는 것을 쌓았던 그런 사이.

그러다 남자와 G는 어느새 썸남썸녀로 발전했고, 예비 신부 또한 처음에는 두 사람의 관계를 지지했다고 했다. 썸의 관계가 시들해진 어느 무렵부터, 엄밀히 말하자면 썸의 기간이 너무나도 긴 탓에 서로가 감흥을 잃어 가던 그즈음, 후배와 사이가 천천히 멀어지더니 남자와의 썸도 완벽히 끝났다고 했다. 그렇게 1년쯤 흐른 지금, 썸남과 후배가 나란히 서서 자신에게 청첩장을 내밀더라는 것이었다.

물론 자신에게 허락 같은 걸 구할 이유도 없었지만, 예전처럼 돈독하지는 않더라도 지난날의 의리 정도는 지켜 줄 수 있었건만, 그마저도 지켜지지 않는 관계였다는 것에 G는 마음이 우르르 무너졌다고 했다. 그래도 한때 서로 쌓아 온 시간이란 게 있을 텐데, 찝찝한 기분과 불쾌한 감정을 떨칠 수 없다고 했다.

그녀의 말을 담담하게 듣고 있다 보니 몇 년 전 나도 비슷한 일을 겪은 게 생각났다.

한참 내가 좋다고 따라다니던 남자는 결국 다른 여자와 결혼했는데, 그게 내 친구였다(물론 나는 썸이 아니라 상대의 일방적인 짝사랑이었지만). 난생 처음 느껴보는 기분이었다. G가 말한 찝찝한 기분이 무엇인지 알 것만 같았다.

그때의 기분을 정확히 표현하자면 그냥 황당함이었다. 어제까지만 해도 나 좋다고 쫓아다니던 남자가 내 친구와 연애를 한다니. 친구 커플이 도의적으로 내게 잘못된 행동을 한 것은 아니지만 기분이 정말 이상하리만치 찝찝했다. 이런 기분을 뭐라 설명할 수 있을까. 나도 알 수 없는, 조금 더러운 컵으로 물을 마시는 것 같은 그런 기분이었다.

예비 신부가 된 친구는 내게 결혼식 축사를 부탁해 왔다. 친구의 결혼 축사를 준비하는데 기분이 좀 묘했다. 내가 두 사람의 축사를 써 주는 날이 올 줄이야.

이런저런 속 시끄러운 마음에 T에게 전화를 걸어 그날의 일을 털어놓았다. 그런데 돌아온 답에 마음에서부터 '울컥' 불덩이 같은 게 치솟았다.

"너 그런 게 제일 나쁜 거다. 나 갖기는 애매하고 남 주기는 아깝고. 그런데 친구가 그 남자랑 결혼한다니까 살짝 감정 상하고 그런 거."

그러니까 한마디로 말해서 나는 못나 빠진 X라는 게 아닌가. 나 좋다고 쫓아다니던 애매한 놈이 내 친구랑 결혼하는 꼴 같은 건 못 보는 한심한 인간이라는 거다. 그런데 그런 꼴을 봐주지 못했다면 그놈이 내 친구와 연애한다는 사실을 안 그때, 나는 친구와의 연을 끊었을 거다. 하지만 내가 그렇게 못난 인간은 아니니까. 막말을 늘어놓는 T에게 나는 조금 날을 세워 되받아쳤다.

"감정 상한 친구한테 결혼 축사를 써 주냐? 겨우 나 좀 좋아했던 놈이 내 친구랑 결혼하는 꼴을 못봐 주는 거라고? 웃기시네."

T와의 통화 끝에 '썸의 정의는 어디까지일까' 하는 생각이 스쳤다. 썸이라는 건 사귀기 전에 서로를 탐색하는 기간이다. 그러니까 아직 연인 관계는 아니지만 서로 사귀는 듯이 가까이 지내는 관계 말이다.

그러므로 썸에도 시간과 공간과 추억이 공존한다. 그런 기억도 없는 거라면 무언가 나누었다고 할 수 있을까. 썸에도 엄연히 감정과 마음이라는 게 존재할 테니까. 그래서다. 연애의 시간이 끝나고 이별 후 애도 기간을 가지듯이 어쩌면 썸에도 애도 기간이란 게 필요한 건 아닐까.

썸에도 시간과 공간과 추억이 공존한다.
썸에도 엄연히 감정과 마음이라는 게
존재할 테니까.

연애의 시간이 끝나고
이별 후 애도 기간을 가지듯이
어쩌면 썸에도 애도 기간이란 게
필요한 건 아닐까.

어른의
연애

"연애라는 건 왜 나이를 먹을수록 더 힘들어지는 걸까."

커피 잔을 만지작거리던 친구 N이 한숨을 푹 내쉬었다.

"그러게. 갈수록 누군가에게 특별한 대상이 된다는 거, 참 어려운 거 같아."

둘은 서로의 말에 절절히 공감한다는 듯 고개를 수억거리다 '푸핫' 짧은 웃음을 터뜨렸다. 저 길 가는 사람들이 죄다 '어떤 남자'이고 '어떤 여자'일 텐데, 수많은 남자와 여자 사이, 그러니까 그 남자와 여자 중 '와'의 위치에 자리 잡은 것만 같은 기분이 들었다.

20대 때의 내 연애는 물불 가리지 않았다. 키가 크든 작든, 얼굴이 잘생겼든 못생겼든, 직업이 있든 없든 내가 좋으면 그만이었다. 그래서 올인할 수 있었고, 그 때문에 마음껏 사랑할 수 있었다.

'그냥 그 사람이 좋아서.'

단지 그뿐이었다. 다른 이유 같은 건 생각이 안 날 정도로 그 사람이 좋았다. 그저 그 사람이기에 너무나 애틋해 죽겠는 마음, 당장 안 보면 미칠 것 같고 온종일 그의 생각으로 뇌가 가득 차 버려 어쩌지 못하는 그런 사랑.

나의 연애는 언제나 그랬으니까. 미친 연애. 그를 떠올리는 것만으로도 심장이 하루 종일 뛰었다. 그 사람이 아니면 정말 안 되는(그렇다고 해서 집착증이 있는 것은 아니다) 그런 마음 말이다.

사랑한단 말을 하루에도 수십 번씩 하지만 그것만으로는 부족한 것 같고, 얼굴을 맞대고만 있어도 헤죽헤죽 웃음이 비어져 나오는 그런 마음. 가만히 내려앉은 그의 볼이며 입술에 자꾸만 쪽쪽 입을 맞추고, 어떻게 보면 머리가 살짝 돈 사람처럼.

그런데 언제부터일까. 그랬던 내가 변하기 시작한 것은. 이런저런 생각이 많아져 누군가를 만난다는 것에 소극적이게 되고 마음을 사리는 수동적인 사람이 돼버린 것은. 사랑에 다가가는 걸 망설이게 된 것은.

30대에 들어서면서부터는 사랑에 대한, 혹은 상대에 대한 어떤 답을 내려놓고 있었던 것 같다. 이것도 맞아야 하고 저것도 맞아야 하고. 또는 이건 되고 저건 안 되고. 온통 '되고 안 되고'이거나 '맞고 안 맞고'에 집중이 돼버린.

그런 나날을 보내던 어느 날, 책장에 꽂힌 안도현 시인의 시집을 꺼내 스르륵 넘기다 마음을 '쿵' 하고 때리는 시구에 멍하니 시선을 고정시키며 몇 번이고 읽어 내렸다.

"연탄재 함부로 발로 차지 마라.
너는 누구에게 한 번이라도 뜨거운 사람이었느냐."

나는 잊어버렸다. 나의 뜨거움을. 뜨거울 수 있는 시간에 온 에너지를 쏟아붓던 사람이었음을.

이따금 뜨거운 연애를 꿈꾼다는 나의 말에 주변 지인이나 친구들은 말했다.

"지금 네 나이가 몇인데 연애와 결혼이 사랑만 가지고 되니?"

맞다. 무모하다. 그래서 네 나이를 생각하라는 충고가 어느 정도 이치에 맞는다는 생각도 한다. 어쩌면 나 역시도 누군가가 이런 감상에 젖은 말을 듣는다면 비슷한 말을 할 테니까.

그러나 정말 그런 걸까? '로맨틱'이란 말의 의미를 제대로 알기도 전에 그 단어조차 스스로 소멸시켜 버린 건 아닐까.

과거에 겁도 없이 사랑에 뛰어드는 나를 보며 사람들은 말했다.

"상처받는 거 안 무서워? 어떻게 상대한테 마냥 올인할 수 있어?"

이런 물음 앞에 내 고개는 늘 한쪽으로 기울어졌다.

"그게 어떻게 하면 안 되는 거야?"

정말 몰랐다. 사랑하는 상대로부터 상처받지 않기 위해, 여분의 마음을 남겨 두고 내 마음을 지키는 방법 같은 건. 어쩌면 별로 지키고 싶지 않았을지도 모른다. 내 마음을 지키는 선택부터가 이미 나에게는 사랑할 수 없는 조건이 돼버리니까. 그러나 어쩌면 그때의 연애가 더 어른스러웠는 지도 모른다. 꾸밈없이 상대의 마음을 들여다보는 것에 집 중하고 배경, 조건, 외모 같은 건 아무래도 상관 없었던 그 시절이.

서른이란 나이를 훌쩍 넘은 지금, 누군가의 "소개팅할 래?" 한마디에 피식 웃음이 나온다. 아직은 좀 무모해도 좋 지 않을까 싶어서.

갈팡질팡, 다가갈까 말까 고민하는 사이에 나의 난 하나 뿐인 '그 사람'은 봄날의 아지랑이처럼 훅 날아가 버릴 테 니까.

줬다 뺏는 거,
준 걸 돌려받는 거,

너무 찌질하잖아?

"그놈이 자기가 준 선물을 돌려 달래."

J는 얼마 전 소개팅 상대 남자에게서 머그잔을 선물받았다고 했다. 그리고 그의 애프터를 거절하던 날, 소개팅남이 자신이 선물한 머그잔을 돌려 달라고 했다고 한다.

그 남자의 '돌려 달라는' 말에 어떤 의미가 깃든 것인지 알 길은 없다. 다만 너무나 찌질하고 후지다, 라는 생각이 들었을 뿐.

J의 해프닝을 듣고 있자니 몇 년 전 헤어진 N이 생각났다. N, 그 남자의 치트키는 싸울 때면 내게 자신이 사 줬던 거, 해줬던 거를 일일이 들춰 내어 생색을 내는 거였다.

나는 이런 일이 되풀이되는 것이 못마땅해 신경질이 나서

"이제부터 나한테 뭔가 사 주거나 선물 같은 거 하지 마, 절대."

이런 말을 내뱉곤 했다. 이럴 거면 그냥 뭘 해주지나 말지.

어느 해 크리스마스였다. 조카에게 줄 아이스크림 케이

크를 사려는데, N이 자신이 선물하고 싶다고 했다. 나는 그 마음이 고마워서 흔쾌히 받아들였다. 그런데 이게 문제였다.

새해를 앞둔 어느 날, N과 나는 사소한 트러블이 생겼고 그는 그날도 말했다.

"네가 네 조카 선물을 사 달라며? 그래서 내가 해줬잖아."

나는 도대체 너란 인간한테 선물이라는 게 어떤 가치가 있기는 한 거냐고 묻고 싶었다. 그러나 끝내 이 말은 목구멍 밖으로 내놓지 않고 꾸역꾸역 삼켜 버렸다. 똑같이 구질구질한 인물이 되고 싶지 않아서. 그렇게 N과 이별 후 내게 어떤 습관 같은 것이 생겼다.

1. 기프티콘을 쏜 다음에는 채팅 창을 삭제한다.
2. 마음을 주건 물건을 주건 피드백을 원하지 않는다('이거 받아 놓고 왜 아무런 말이 없어?'라든가 '고맙다는 인사도 없네' 같은).

3. 웬만하면 선물은 직접 상대의 얼굴을 보고 전한다(받는 기쁨, 주는 기쁨 모두 그 자리에서 해결한다).

마음도 물건도, 그 어떤 것도 한번 주고 나면 내 것이 아니다. 이미 상대의 것이니까. 내 것이 아닌 것에 왜 받고도 아무 말이 없는 건지 생각하지 말고, '이럴 거면 주지 말걸' 하며 은근히 후회하지 말자.

마음을 줄 것인가 말 것이가, 선물을 할 것인가 말 것인가, 어떤 것을 주고 어떤 것을 안 줄 건지는 내가 결정할 수 있다.

그러나 상대의 마음은 그렇지 않다. 그 사람의 마음은 그 사람의 것이기에 내가 요구할 수도, 또 강요할 수도 없다.

상대의 마음을 계속해서 달라고 조를 수는 있겠지만, 그래서 원하는 마음을 얻을 수 있을까? 내 생각은 NO다.

그렇기에 내 마음에 집중하는 게 무엇보다 중요하다. 혹시 나중에라도 돌려받고 싶은 마음이 생긴다면 처음부터 주지를 말자. 내가 준 것에 후회할 것 같은 어떤 기류가 조금이라도 흐른다면 애당초 상대에게 무언가를 해주려는 시도 자체를 하지 말자.

그건 어디까지나 상대를 위한 것이 아니라 나를 위한 것이기에. 나의 이기심에서 나오는 몹쓸 것이기에.

자신이 준 걸(그게 마음이든 물건이든 간에) 다시 돌려달라는 사람을 만난다면 이렇게 외쳐보자.

"무지개 반사!"

혹시 나중에라도 돌려받고 싶은 마음이 생긴다면
처음부터 주지를 말자.
내가 준 것에 후회할 것 같은
어떤 기류가 조금이라도 흐른다면
애당초 상대에게 무언가를 해주려는
시도 자체를 하지 말자.
그건 어디까지나 상대를 위한 것이 아니라
나를 위한 것이기에.
나의 이기심에서 나오는 몹쓸 것이기에.

자상한 남자는
안 그래

코로나19로 인해 집에서 보내는 시간이 많아진 요즘, 오늘은 무얼 하며 시간을 보내 볼까 싶어 TV 다시 보기를 이리저리 검색하는데 언젠가 J가 추천했던 드라마가 문득 떠올랐다.

다섯 명의 풋풋한 20대 여자들이 셰어 하우스에 살며 겪는 이야기가 담긴 드라마였다. 일상의 크고 작은 사건과 그때의 청춘만이 할 수 있는 고민이 잘 녹아나 따뜻하고 감성적이면서도 갈등 관계를 잘 그려 나가는 내용이었다.

그런데 드라마가 진행되면서 답답함을 느꼈다. 동시에 보는 내내 어쩐지 좀 불편하기도 하고, 화도 났다. 주인공 캐릭터들이 어쩌면 하나같이 '그 시절'의 나 같은 건지 그만 드라마를 멈추고 싶은 생각이 들었다.

누군가의 부탁을 거절 못 해 내내 당하기만 하다 어느 순간 맥락도 없이 감정을 터뜨려대는 은재의 모습에서.

자포자기 상태로 삶을 탕진하는 이나의 모습에서.

늘 밝고 쾌활하지만 이따금 악의 없는 거짓말로 상대에게 상처를 주는 지원의 모습에서.

지독한 가난으로 스물여덟 살까지 대학을 졸업하지 못

하고 아르바이트를 서너 개씩 하며 휴학과 복학을 반복하지만, 여전한 현실에 자신을 진심으로 좋아하는 상대마저 밀어내야만 하는 진명의 모습에서.

특히 자존감 낮은 상태로 남자 친구에게 내내 끌려 다니다가 이별 후에는 데이트 폭력까지 시달리는 예은의 모습에서.

나는 숨이 '턱' 하고 막혀 버렸다.

누군가는 드라마에 너무 과하게 몰입한 거라고 할 수도 있겠지만, 그녀들의 모습 하나하나에 '나의 시절'이 보여 아프기도 하고 애잔하기도 해서 눈물이 났다. 또 답답함에 속이 터질 것만 같아 '이불킥'을 해대기도 했다.

드라마 〈청춘시대〉에서 내가 가장 감정 몰입을 한 인물은 예은이었다. 예은의 연애를 보며 나도 모르게 "저 바보, 멍청이!"라며 분통을 터뜨리기도 했고, 양아치 남자 친구와 헤어진 뒤에도 그를 잊지 못해 아프고 슬퍼하다가 결국 본인이 죄인처럼 잘못했다 굽히고 웃어 보일 때는 "어휴, 저 모자란 X!" 하며 올라오는 화를 삭이느라 냉수를 벌컥벌컥 들이켜기도 했다.

결정적으로 같이 사는 룸메이트인 이나와 양아치 남자 친구 사이를 오해하고 이나에게 자신의 남자를 건들면 죽여 버리겠다고 소리를 지르는 장면에서는 "저런 미친⋯." 하면서 TV를 '팍' 꺼 버리기도 했다. 그리고 감정이 조금 가라앉을 즈음, 도대체 왜, 그저 드라마 캐릭터일 뿐인 예은에게 나는 이만큼이나 화가 치미는 걸까 생각했다.

그러다 '툭' 뇌리에 스치는 사람이 있었다. 꽤 오랜 연애 끝에 헤어진 남자 친구 K. 그리고 K와의 연애 시절이 떠올랐다.

K와 연애 기간은 행복보다는 늘 긴장과 초조함으로 가득 차 조금만 잘못해서 휘청거리기라도 하면 끝 모를 나락으로 떨어질 것만 같았다.

만날 때마다 내 기분보다는 남자 친구의 마음을 살피느라 눈치 보는 날이 많았다. 무슨 말을 한마디 하더라도 그가 신경을 곤두세우고 예민해질까 싶어 참았다. 기분이 나빠도, 화가 나도, 마음에 상처를 받아도 말을 제대로 할 수가 없었다. 말을 하고 나면 싸울 테고 그러면 관계가 틀어질 것만 같았다. K와의 연애 내내 그랬다.

K는 자기 마음에 들지 않는 게 있으면 내게 냉소 섞인 말을 종종 퍼부었다. 작은 트러블이 격해져서 서슴지 않고 폭언할 때도 그랬고, 다른 사람들과 함께 있는 자리에서 아랑곳 않고 함부로 대할 때도 그랬다. 그때마다 내가 할 수 있는 건 바보같이 뒤에서 우는 일뿐이었다. 속이 상해서 울었고, 나 자신이 한심해서 울었고, 그럼에도 그와 헤어질 수 없어서 울었다.

그야말로 '사랑'이라는 이름 아래 스스로를 속여왔던 것이다.

그가 거칠게 말을 할 때면 '지금 화가 많이 나서 그런 거야', 지나친 구속을 할 때면 '나를 사랑해서겠지', 나를 함부로 대할 때면 '내가 뭘 잘못한 걸까?', 더 이상 그가 나를 사랑하지 않는다는 걸 알았을 때도 '괜찮아, 내가 사랑하면 됐지 뭐' 하며 나는 스스로를 사랑받을 가치조차 없는 사람으로 몰아갔다.

이런 시간이 점점 더 길어져 지쳐 갈 무렵이었다.

그날은 남자 친구와의 일을 생각지 않기 위해 친구 H를 만나 부러 밥도 더 많이 먹고 웃긴 일도 아닌데 더 깔깔거리며 웃음을 남발했다.

"너 무슨 일 있어? 오늘 왜 그래?"

H의 한마디에 참았던 모든 것이 와르르 무너져 버렸다. 아무래도 속 시끄러운 마음은 감출수록 더 짙게 나타나는 건지, 애써 꽉꽉 미어터지게 가두었던 감정이 무색해졌다. 더 감추고 숨기고 할 것도 없게 돼버렸기에 나는 친구에게 전날 남자 친구와 싸운 이야기를 했다.

별거 아니었는데 사소한 게 발단이 됐고, 결국은 서로 화가 폭발해서 소리를 지르고 싸웠으며 그 끝엔 결국 K가 또 거친 말을 쏟아 냈다는 이야기.

나의 이야기를 잠잠히 듣고 있던 친구가 한숨을 푹 내쉬며 물었다.

"너 계속 이렇게 연애한 거야?"
"…."

내 침묵에 H는 할 말을 잃은 표정으로 너털웃음을 지었다. 그녀의 반응에 민망해진 나는 말했다.

"싸울 때는 그렇지만… 잘할 땐 잘해. 평소에는 다정하고 자상해."

내 말을 들은 H가 피식 웃더니 나를 덤덤하게 쳐다보며 말했다.

"너 지금 뭔가 되게 착각하고 있는데, 자상한 남자는 화가 난다고 사랑하는 여자한테 안 그래. 화가 나서 막말 하고 폭언하고 분에 못 이겨 이래도 되고 저래도 되면, 너는 그거 다 받아 줘야 하는 사람이고? 너는 왜 당하고만 있어? 왜 바보같이 울고만 있는데? 너 진짜 걔가 자상하다고 생각해?"

그녀가 한 말의 의미를 나는 알고 있었다. 그것도 이미 오래전에. 다만 인정하고 싶지 않을 뿐이었다. 그가 나쁜 사람이라는 걸. 그 나쁜 놈한테 마음을 구걸하고 있었다는 걸. 그럼에도 내가 그를 정말 많이 좋아하고 있다는 걸. 그저 누구에게도 들키기 싫었다. 그게 나 자신일지라도.

그로부터 몇 달 후 나는 K와 헤어졌다. 헤어지면 실연의 상처로 앓아누울 줄 알았는데, 정말 아무것도 못 하고 미친 사람처럼 하루하루를 시름시름하며 보낼 줄 알았는데, 이젠 누굴 만나도 즐겁지 않을 것만 같았는데, 희한한 건 이별 그거 막상 하고 보니 할 만하다는 것이었다.

그동안 내가 나를 사랑해 주지 못하고 격려해 주지 못한 것에 미안함이 밀려들어 내가 나를 위로하고 응원하는 말도 해주었디.

'너는 있는 그대로 빛나니까 괜찮아. 그러니까 너는 사랑받을 자격이 충분해. 주는 것만 사랑이 아니야. 너도 마땅히 받아야 하는 거야. 그러니까 앞으로는 사랑받는 것에 두려워하지 말자. 상대가 사랑을 받으려고만 한다면 과감하게 돌아서자.'

그렇게 얼마쯤 시간이 흘렀다. 나는 제법 건강해졌고 자상한 남자와 그렇지 않은 남자를 분별하는 눈도 생겼다. 그리고 무엇보다 과거의 경험을 통해 더 이상 상대에게 사랑을 구걸하지 않게 됐다.

언젠가 어느 작가가 쓴 문구를 본 적이 있다.

"희망이란 '언젠가' 보석이 되기 위해 노력하는 게 아니라

자신이 '이미' 보석임을 아는 것이 시작이다."

너는 있는 그대로 빛나니까 괜찮아.

그러니까 너는 사랑받을 자격이 충분해.

희망이란 '언젠가' 보석이 되기 위해

노력하는 게 아니라

자신이 '이미' 보석임을 아는 것이 시작이다.

외로울 수는 있지만

아무렇게나
사는 건 아니야

"그러니까 애초에 시작을 말았어야지. 너 외로웠어?"

몇 년 전, 잠깐 사귀던 남자와 끝냈다는 나의 말에 L이
말했다. 시작도 하지 말아야 할 남자를 만난 거냐고 말이다.

"시작도 안 해야 하는 관계…. 그런 건 내가 가정 있는 사
람을 만났거나 바람둥이, 감정보다 주먹이 앞서는 놈, 도박
중독자 정도 만났을 때 하는 말 아니야?"

L은 픽 웃으며 너무 순진무구한 거 아니냐고 했다. 그녀
의 말에 나는 조금은 언짢은 얼굴로 대꾸했다.

그냥, 그저 그 사람이 좋아서, 그렇게 만나면 안 되는 거
냐고. 다른 누군가에 비해 가진 것이 좀 없다고 해서 그
사람을 안 좋게 평가하는 건 아니지 않느냐고. 조건 같은
게 삶의 한 부분일 수는 있지만 그의 모든 것이 될 수는 없
다고.

당장 결혼하겠다는 것도 아니고 무언가 일을 저지르겠다
는 것도 아닌데, 어째서 내 마음을 이렇게 좀스럽게 여기고
하찮게 대하는 건지. 그저 외로움 때문에 나란 사람을 선

심 쓰듯 누군가에게 던진다는 게 가당키나 한 것일까. 나는 그럴 수가 없는 사람이다. 그런 선택을 하기에는 내가 너무 소중하니까. 그러기에는 내가 이미 너무 많은 것을 알고 겪은 나이가 돼버렸다.

그를 만나는 동안에는 그저 한 사람과 다른 한 사람이 만나 둘이 되어 나란히 서 있는 것으로 족했다. 무엇을 대단히 바란 적도 없으며, 그 사람이 내 옆에 있다는 것만으로 내내 마음이 따뜻했다. 나는 그것으로 좋았다. 그래서 이런 좋은 마음으로 그의 옆에 있을 수 있는 그 시간이 더없이 기쁘고 행복했다.

그와 만나는 동안 애써 특별한 걸 만들지 않아서, 특별한 것이 없는 그런 소소함이 좋았다. 일상을 나누고 서로의 이야기에 귀 기울여 주는 달빛의 시간이 좋았다. 호수처럼 잔잔하고 가을바람처럼 선선한 그의 목소리가 좋았다. 품 안 가득히 나를 안아 주는 단단한 두 팔이 좋았다.

좋아한다, 사랑한다, 굳이 말하지 않아도 마주하는 시선 속에 나만을 오롯이 담아내는 그의 눈빛이 좋았다. 그렇게 그가 좋았다.

나는 좋은 그를 만났을 뿐이다. 좋은 그 사람을 내가 좋아했을 뿐이다. 그렇게 마음을 나누고 그 계절의 시간을 함께했을 뿐이다.

그런데 이런 모든 시간이 L의 단 몇 마디 말로 아무런 가치가 없는 날들이 돼버린 기분이었다. 외로워서 시작도 하지 말아야 할 사람을 만난 게 돼버렸으니까.

어째서 그냥 좋은 사람을 그저 좀 만나면 안 되는 건지. 이미 시작돼버린 마음이어서, 저만치 서로를 좋게 된 시선을 어찌할 수 없는 일인데 어째서 다른 소리들로 묻어버리라고 하는 건지. L의 이런저런 말이 윙윙 귓전에 닿았다 사라져 갔다.

단지 외로워서 누군가 옆에 있었으면 좋겠다는 그런 바람 때문에, 또는 아무라도 좋으니 누가 나를 좀 봐 주었으면 좋겠다는 관심이 필요해서 그를 선택함이 아니었음을. 그를 선택하고, 그와 만나고, 그를 떠나보낸 모든 시간이 그저 좋았음을.

햇볕이 따갑게 내리쬐고 매미가 노래하는 계절에 만난 우리를 생각한다. 마주 잡은 두 손으로 전해지던 서로의 온기를. 입김 서리는 추운 밤, 서로를 꼬옥 끌어안던 다정함을 기억한다. 그 모든 날, 모든 순간이 있었기에 남은 인생에서 마주할 시린 계절의 날들도 그 온기로 따뜻할 것만 같다.

외로울 수 있다. 하지만 그 때문에 눈에 밟히는 아무나와 가치 없는 부끄러운 감정 같은 걸 주고받은 게 아니다. 나는 나만이 줄 수 있는 마음을 그에게 주었고, 그도 자신의 마음을 떼어 내게 주었다. 그렇게 조금씩 마음을 나눠 가졌다고. 그해 우리는 그러했다고.

나는 나만이 줄 수 있는 마음을
그에게 주었고,
그도 자신의 마음을 떼어 내게 주었다.
그렇게 조금씩 마음을 나눠 가진 일이라고.

그해 우리는 그러했다고.

그 시절,
15번 버스의 그녀는

요즘 드라마에 등장하는 연애 스토리는 그렇다. 집착 연애라거나, 정신적 외도의 승리라거나, 에로스라거나, 현실 절절한 찌질 연애라거나. 그런저런 드라마를 섭렵하다가 문득 이런 생각이 머릿속을 비집고 들어왔다.

'나는 어떤 연애를 하고 싶을까?'

백마 탄 왕자님이 갑자기 툭 튀어나오는…(비현실적이다) 패스. 비주얼 끝내 주고 머리 명석하고 츤데레, 혹은 마초 내음 풀풀 풍기는 재벌 3세쯤…(허무맹랑하다) 패스. 원래 알고 지내던 인물과의…(지금까지 그랬다. '자만추'를 가장한 주변 로맨스) 패스.

그러다 문득 아주 오래전 기억이 하나 '톡' 뇌리에서 터져 올랐다. 열여덟 여고생이었던 그 시절에, 풋풋했던 그때의 기억이.

"우리 반에 15번 버스 타고 다니는 사람이 누구야?"

쉬는 시간. 분주했던 교실에 일순간 정적이 돌았다. 그것

도 잠시, 호기심 많은 여고생들은

"15번?"

"갑자기 무슨 일인데?"

조잘대며 여기저기서 술렁이기 시작했다. 그러더니 수십 개의 눈동자가 일제히 15번 버스를 타고 다니는 인물을 알아내기 위해 시선을 굴려댔다. 읽던 책에 고개를 박고 있던 나는 천천히 고개를 들고 질문을 던진 친구를 말끄러미 쳐다보았다.

"15번? 나 그거 타고 다니는데, 왜?"

전혀 예상하지 못했다는 듯 질문자의 목소리가 커졌다.

"너였어?"

무언가 대단히 큰일이라도 난 것처럼 잔망스럽게 호들갑을 떠는 그 아이를 보다가 영문 모를 일이라는 듯 다시 읽던 책으로 시선을 돌릴 때였다.

"학교 게시판 봐봐. 누가 15번 버스의 그녀를 찾는대!"

우리 학교 학생 중에 15번 버스를 타고 다니는 사람이 한둘도 아니고, 나는 별 대수롭지 않다는 듯 고개를 살짝 가로저었다.

"우리 학교 바로 밑에 있는 남고 있지? 거기 다니는 애가 '15번 버스의 그녀'를 찾는 절절한 고백 글을 올렸다고!"

15번 버스의 그녀를 좋아합니다

저는 ○○고등학교에 다니는 남학생입니다.

매일 아침 15번 버스 맨 끝줄에 앉아 있는

그녀를 본 건 몇 달 전입니다.

허리까지 내려오는 생머리에 ○○학교 교복을 입은 그녀는

특히 눈이 참 예뻤습니다.

15번 버스를 처음 탔던 날. 그 예쁜 눈과 잠깐 마주쳤던 것 같은데,

그때였던 것 같습니다. 그녀가 한순간 좋아져 버린 것은.

저는 그날부터 매일 같은 시간 15번 버스를 기다렸습니다.

그녀를 보기 위해서.

제가 버스에 타면 맨 끝줄에 앉아 있는 그녀가 보였습니다.

어떤 날은 같이 버스를 탄 친구와 재잘재잘 떠들며 웃는 모습이었고,

어떤 날은 피곤함에 지쳐 잠이 든 모습이었고,

어떤 날은 이어폰을 꽂은 채 창밖을 내다보는 모습이었습니다.

저는 매일 그런 그녀 옆에 조용히 앉아 있다 내리곤 했습니다.

물론 그녀는 이런 나의 존재도 모릅니다.

그런데 점점 커지는 마음에

오늘은 그녀에게 꼭 말을 해야지, 해야지 했지만

용기를 내지 못했습니다.

오늘도 그저 그녀 곁에 가만히 앉았다가 내리는 것으로

만족해야 했습니다.

입고 있는 교복을 보고 그녀가 다니는 학교는 알았지만

그 외에 그녀에 대해 아는 게 하나도 없습니다.

이름도, 나이도, 사는 곳도.

그러다 우연히 그녀의 학교 홈페이지를 보게 됐는데,

게시판에 반마다 걸린 단체 사진을 보고 그녀를 찾게 된 겁니다.

○○학교 ○○반 단체 사진, 끝에서 두 번째 줄,

하얀색 머리띠를 한 그녀가 바로 제가 찾는 그 사람입니다.

알지도 못하는 남학생이 게시판에 이런 글을 올렸다고

그녀가 싫어할까요?

이기적이라고 해도 꼭 고백하고 싶었습니다.

직접 말하지 못하는, 용기가 없는 사람이라 생각해도 좋습니다.

제 마음을 전하고 싶어서 이런 글을 쓰게 되었습니다.

그리고 이런 문장으로 끝을 맺었다.

그녀는 나의 첫사랑입니다.

그 글을 읽은 다음 날, 나는 똑같이 15번 버스를 탔고, 늘 앉던 자리에 앉아 그 글을 쓴 주인공을 은근히 찾기 시작했다. 정류장을 하나둘 지나고, 내 옆에 앉은 사람도 몇 번쯤 바뀌었다. 그리고 얼마 후 키가 크고 조금 앳된 얼굴의 ○○남고 교복을 입은 남자애가 버스에 오르는 게 보였다. 남자애는 버스에 타자마자 내 쪽을 제일 먼저 쳐다봤는데 나와 눈이 마주치자 시선을 살짝 내리깔고는 무심하게 옆자리에 와 앉았다.

학교 게시판에 그런 고백 글까지 쓸 정도라면 오늘 내게 무슨 말이라도 하지 않을까 싶어 다음 정류장을 지날 때까지 귀에 이어폰을 꽂지 않고 기다렸다. 그런데 그는 아무런 액션이 없었다. 나는 피식 웃고는 이어폰을 귀에 꽂으며 창밖으로 시선을 옮겼다. 그런데 이상하게 심장이 쿵쿵 뛰기 시작했다.

신기한 건 아주 오래된 기억이었음에도 그때 그 남자애가 썼던 글이라든가 버스 안의 장면들이 여전히 생생하게 기억난다는 것이었다. 살포시 웃음이 배어 나왔다. '나에게도 이런 예쁜 추억이 있었구나' 싶어서.

그 남자애는 지금 어떤 모습으로 살고 있을까. 평범하게 한 가정을 이룬 가장일 수도, 혹은 자신의 꿈을 이루기 위해 하루하루 열심히 달리고 있을 수도, 또는 누군가를 열렬하게 좋아하고 있을지도 모르겠다.

그 시절 나를 첫사랑이라 말하던, 그저 나를 바라보는 것만으로도 좋다고 미소 짓던, 내가 어떤 사람이건 그런 건 아무래도 좋다고 수줍은 마음을 전하던, 내게도 존재했던 그런 예쁜 사랑은 지지고 볶고 진저리를 치는 연애사에 묻혀버렸다. 정확히는 묻어버렸다. 두 번 다시 오지 않을 것처럼.

그 시절 15번 버스의 그녀는 이따금 그 버스를 탈 때가 있다. 그러면 까마득히 먼 옛날이 떠올라 '풋' 하고 옅은 미소를 띠기도 한다. 그리고 그때 그 자리에 앉아 열여덟 남자애의 첫사랑이던 그 여자애의 한때를 떠올려 본다.

그 예쁜 시절에, 특히 눈이 예쁜 여자애를 많이 좋아해 줬던 마음이 참 따뜻했던 남자애에게 이렇게 말해 주고 싶다고 생각하면서.

'있잖아, 나는 아직도 가끔 말이야. 나를 아주 많이 좋아해 줬던 너를 기억해. 살아가다가 가끔 지치거나 주저앉고 싶을 때, 네가 내게 주었던 그 기억이 내 등을 도닥여 주고 차가워진 피를 36.5도의 온기로 데워 주거든. 예쁜 추억, 소중한 기억을 내게 남겨 주어서 정말 고마워.'

안녕, 나의 예쁜 남자애야.

괜찮아,
그냥 사랑일 뿐이야

지하철 역사 안에 멍하니 앉아 있다 보니 문득 이런 진부한 생각이 떠올랐다.

'어쩌다 이 지경까지 됐을까, 나는.'

내 사랑은 이번에도 산산이 흩어져 공중분해 돼버렸다. 많은 것을 함께하자 약속하고 꿈꾸던 시간도, 사랑을 속삭이며 귓가를 간질이던 시간도, 서로가 함께 있는 것만으로도 충만했던 시간도.

바람에 나부껴 사라졌는지, 비가 오던 그날 다 씻겨 갔는지, 펑펑 내리던 그 하얀 눈에 다 녹아 없어졌는지, 도통 알 수가 없었다. 언제부터 그 시간이 조금씩 모양을 잃어 가기 시작했는지 나는 알 수가 없었다. 그도 없고 나도 없어져 버린 시간. 분명 존재했던 사랑이 이제는 형체조차 남아 있지 않았다.

내가 그를 만난 적은 있는지, 혹은 그 사람이 나를 만난 적은 있는지조차 헷갈릴 만큼 먼 기억의 일처럼 느껴졌다.

그와의 연애는 짜고 습했다. 달콤해서 입에 넣으면 살살 녹는 초콜릿이나 한여름의 얼음 조각 같은 그런 것이 아니었다.

처음과 달리 어느 지점부터 우린 늘 치열했고, 힘들었고, 서로의 마음에 기생해서 그 나약하고 여린 감정들을 좀먹고 있었다. 그리고 '사랑'이라는 이름으로 포장했다. 내용물은 별거 없는데 포장 상자만 거대한 사이가 돼버렸다. 우린 그렇게 5년을 만났다.

힘들고 외로웠던 어떤 날에는 말하지 않아도 가만히 안아 주었고, 배고프고 심심했던 어떤 날은 도시락을 직접 싸 들고 와서 나를 웃게 했던 사람. 펑펑 울던 어느 날에는 나를 꼭 끌어안고 함께 울어 주었고, 같이 손잡고 길을 거니는 것만으로도 웃을 수 있었던 사람.

외모가 특별히 잘나거나 돈 많은 부자도 아니었지만 우리에게는 그보다 특별한 무언가가 있었다. 아니, 우린 그 어떤 연인보다 특별하다고 믿었다. 그런데 그 특별했던 사랑은 점점 빛을 잃어 갔고 감정은 메마른 풀꽃처럼 시들어 갔다.

서로가 있기에 행복했던 시간은 서로가 있기에 힘겨운 시간으로 빠르게 전환되었다. "네가 있기에 행복해."라는 말은 순식간에 "너 때문에 힘들어 미치겠다."는 말로, "어디 가서 그렇게 예쁘게 웃지 마라."는 표현은 "제발 남들 앞에서 그런 창피한 말 좀 하지 마라."는 표현으로, 저 사람만 있으면 다른 건 다 필요 없었던 마음은 제발 저 사람이 그만 내 인생에서 나가 줬으면 좋겠다는 마음으로 변했다.

바람이 어디서부터 불어오는지 모르는 것처럼, 우리의 관계도 언제부터 어그러지기 시작했는지 모를 일이었다.

마른 풀꽃이 더 바싹 말라 뿌리까지 뽑히기 전에 우리는 관계를 정리하기로 했다. 서로 시간을 갉아먹고 좀먹지 말자고 하던 날, 나는 해묵은 감정을 다 폭발시켜 버렸다. 네가 나쁜 거고, 네가 잘못하는 거라고.

나에게 화가 난 건지, 그에게 화가 난 건지 모를 일이었다. 나는 그저 이 지난한 관계에 무언가 남은 끈끈함이라도 찾고 싶었다. 그러나 그는 말이 없었고, 마지막 말을 던졌다.

"나 먼저 일어날게. 이제 네가 잘 살았으면 좋겠어."

사랑이 깨지고 그와 꿈꾸던 미래가 산산조각이 난 그날부터 주변 사람들은 나를 위로했다. 남녀 간에 만나다 헤어질 수도 있다고, 지금 이렇게 끝난 게 백배 천배 잘된 일이라고, 그리고 다음번에는 진짜 좋은 사람을 만날 거라고.

내겐 그저 사랑이었다. 그 사랑이 비록 완성되지 못했을 지라도 말이다. 나에게는 사랑이었고, 그뿐이었다. 이걸 두 고 이 모든 '현실적인 위로'를 논하는 것은 내 사랑이 너무 나 가치 없고 슬퍼지는 일이었다.

"괜찮아, 그저 사랑일 뿐이야."

누군가 이렇게 말하며 잔잔한 위로를 건넸다면, 그때의 나는 조금은 덜 상처받았을지도 모르겠다. 그리고 그 상처 에 대한 마음을 덜어 내는 시간이 가뿐했을 수도 있겠다는 생각이 들었다.

정말 괜찮다. 그게 설사 아픔의 모든 지난한 여정이었더 라도.

그 모든 시간은 어느 순간 별처럼 반짝이고, 달처럼 고요 할 것이며, 해처럼 밝게 빛날 것이다.

나의 모든 아픔과 시련의 상처까지도, 그리고 사랑한 그 모든 순간까지도.

괜찮다. 그냥 사랑일 뿐이다.

이 세계에서 지금 사랑을 하는 모든 사람에게도, 이별을 한 사람에게도.

"괜찮아, 그냥 사랑일 뿐이야."

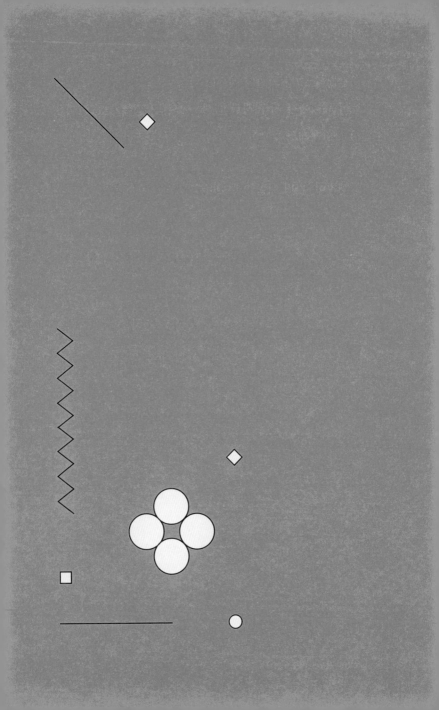

PART 3   조금 느리지만 더 깊어지는 시간

나라는
    꽃을 피워
보기로 했다

얼마 전 청춘 로맨스 드라마를 정주행했다. 츤데레 여자와 감성파 남자의 이야기를 다룬 달콤한 내용이었다. 한창 드라마에 빠져 보다가 문득 이런 생각이 들었다. 츤데레 저 여자, 꼭 '그 시절의 나' 같다고.

겉으론 쿨내를 풀풀 풍기지만 뒤돌아서 남몰래 울음 터뜨리는 애 말이다.

몇 년 전 외할머니가 겨울 빙판길에 넘어져 큰 수술을 받았다. 일하랴, 할머니 병간호하랴, 할머니와 일 말고는 다른 데 신경 쓸 겨를이 없는 날들이었다. 잠이 든 할머니 침상 옆에 앉아 있는데 갑자기 핸드폰 진동이 울렸다. 남자 친구 D였다. 핸드폰 화면을 내려다보며 받을까 말까 망설이다가 이내 받지 않았다. 집에 우환이 있다는 것과 나의 이런저런 고민으로 굳이 남자 친구까지 신경 쓰게 하고 싶지 않았다.

그렇다고 계속해서 오는 연락을 언제까지 받지 않을 수도 없어서 D에게 메시지를 보냈다. 급한 일이 있어 며칠 연락이 힘들 것 같다고.

며칠 후 병원으로 D가 찾아왔다. 도대체 내가 여기 있는 걸 어떻게 알았을까 싶었지만 그런 게 뭐 그리 대수일까.

조금은 태연한 얼굴로 서 있는 나를 D가 차가운 눈빛으로
쳐다보았다.

"도대체 내가 네 남자 친구는 맞아? 너란 애는 어떻게 나
를 번번이 무능력한 남자로 만드는 건데?"

화가 잔뜩 나 일그러진 얼굴로 그가 말했다. 자신은 세
상 무능한 남자라고. 자기 여자 친구의 사정을 어떻게 매번
다른 사람의 입을 통해 알게 되느냐고. 자신에게 말하면
자존심이 상하는 일이냐면서. 달뜬 숨을 내뱉으며 폭발적
으로 감정을 쏟아 내는 그에게 말했다.

"말하면? 힘들다, 아프다, 별스러운 얘기 다 하면 감당할
수는 있고?"
"감당이 가능한지 아닌지 그걸 왜 네가 판단하는데? 그
건 내 몫이잖아."
"맞아, 네 몫. 그런데 혼자 감당하겠다 판단하는 거 역시
내 몫이야. 거기에 숟가락 꽂을 권리, 너한테 허락한 적 없
어."

나의 단호한 말에 그는 어처구니없다는 표정으로 대꾸했다.

"하나만 물어보자. 너, 나 왜 만나냐?"
"그거랑 이 문제는 별개야. 갖다 붙이지 마."
"진짜 되게 잘났네. 맨날 혼자 고고하시지."

　허탈한 웃음을 뒤로하고 차갑게 돌아서는 D를 보며 나는 절대 안 울겠다는 다짐과 함께 두 손을 꾸욱 말아 쥐었다. 그러나 나는 다부진 결심과는 반대로 속절없이 울었다. 홀로 방문을 걸어 잠근 채 혹여 누가 들을까 싶어 이불과 베개에 푹 파묻혀서. 그리고 조금 전 상황을 되짚으며 자책하기도 했다.

　미안하다고 말했어야 했는데. 그냥 나를 조금만 더 믿고 기다려 주었으면 늦더라도 꼭 마음을 전했을 거라고. 왜 이런 진심을 말하지 못했을까? 어째서 나란 애는 매번 이렇게 타이밍을 놓치는 건지, 다른 건 다 빨리 하면서 왜 마음을 꺼내 놓는 것에만 바보같이 느려 터진 건지. 이럴 때마다 내가 어디가 잘못된, 그러니까 꼭 무언가 결여돼 하자가 있는 사람처럼 여겨졌다(기어이 신경정신과 앞을 서성이고 있었으니까).

그러던 어느 날, 화분에서 여러 날이 지나도 봉오리만 맺은 채 꽃을 피우지 않는 두 송이의 꽃을 발견했다. 다른 애들은 죄다 활짝 피어서 화려한 자태를 자랑하고 있는데, 어쩐 일인지 두 송이만 끝까지 몸을 열지 않고 있었다. 혹시 애네만 죽은 건가, 아니면 이 종자는 원래 이런 건가 싶어 매일같이 관심을 갖고 들여다보기 시작했다.

그렇게 며칠이 지났을까. 꽃이 피었다. 화분 속 그 어떤 꽃보다 더 예쁘고 환하게. 느리지만 예쁜 꽃을 피워낸 두 송이가 못내 기특해서 감격에 겨운 목소리로 몇 번이고 잘했다고 말해 주었다. 친구에게 전화해 드디어 꽃이 피었다고 호들갑을 떨었던 그날이 떠올랐다.

그때보다야 지금은 제법 속을 꺼내 놓을 줄도 알고 나아졌다지만 나는 여전히 속에 것을 꺼내 놓는 데에는 느린 사람이다.

마음을 드러내는 일이 어렵다거나 그런 문제라기보다, 다만 나는 좀 느리고 더딘 사람이라고, 그렇게 나를 다독여주었다.

느리기에 사람과 사물과 상황을 깊게 들여다볼 수 있는 시선도 생기는 거라고. 느리기에 찬찬히 오래 한곳에 머무를 수 있는 마음이 있는 거라고. 느린 건 그냥 느린 것일 뿐이지 나쁜 게 아니라고.

느리기에 어쩌면 더 애틋하고 환하게 내 속을 가꾸고 바라볼 수 있는 거라고. 느리기에 주저앉은 누군가에게 손 내밀 수 있는 용기가 생기는 거라고. 그리고 막 걸음을 시작한 누군가의 보폭에 맞춰 걸으며 온기를 나눌 수 있는 거라고.

내일쯤
미워할까 해

어느 소속이건, 이를테면 학교, 회사, 동호회 등에 꼭 끼어 있는 존재가 있다. 무례한 사람.

무례하다는 표현은 통상적으로 예의가 없고 배려가 없는 사람을 말하지만, 내가 생각하는 무례한 사람은 말씨가 곱지 않은 사람, 솔직함을 가장해 상처가 되는 말만 쏙쏙 골라서 하는 사람이다. 누군가의 호의를 비꼬아서 가시처럼 날 선 말로 받아치는 사람 말이다. 최근에도 나는 이런 사람을 만났다.

농담인지 진담인지 모를 말로 상대를 돌려 까기 하는 M을 보며 저음에는 조금 독특한 사람이라고 생각했다. 그러나 이건 어디까지나 나의 착각이었다. 그런 말이 그냥 그의 화법이었으니까. 밉살스러운 M의 말투는 대하는 모든 이들을 불편하게 했다. 문제는 이런 사람들의 경우 대개는 정작 자기 자신이 '그런 사람'이라는 걸 모른다는 것이다.

나는 M의 '변두리 인물'이 되기로 했다. 일종의 '거리 두기' 같은 거다. 부딪혀 봐야 나만 힘들고 괴로울 테니까.

그런데 인생이란 참으로 얄궂다. 최근 들어 M과 일로 만나는 시간이 종종 생기게 된 것이다. 그러다 보니 기분이 언짢고 불쾌한 일이 일어나기 시작했다.

한번은 탕비실에서 커피를 타고 있는데 M이 들어와 내 옆에 섰다. 혹시 그도 커피를 마시려는 건가 싶어 "커피 타 드릴까요?"라고 물었더니 대번에 M의 입에서 '툭' 왜 선심 쓰듯 나에게 커피를 타 주느냐고, 커피 타 주는 거 생색내느냐는 말이 튀어나왔다.

'삐익' 심장박동이 정지한 것처럼 잠시 뇌가 멍해졌다. 내 커피를 타는 김에 본인 것도 타 주겠다는 호의가 어떻게 이렇게 받아들여진 걸까. 내가 무엇을 잘못한 걸까. 그러다 이내 울컥하고 화가 치밀었다.

'뭐 이런 사람이 다 있지?'

그 이후, 그와 부딪히는 건수가 하나둘 늘기 시작했다. 내가 무슨 말만 하면 사사건건 시비를 걸고 쌍심지를 켜며 달려드니 급기야 어느 순간에는 들이받아버리고 싶은 충동까지 밀려들었다.

말 좀 예쁘게 하라고, 말 한마디로 천 냥 빚을 갚을 수 있는 거라고, 가는 말이 고와야 오는 말이 고운 법 아니냐고, 본인 때문에 옆 사람들이 힘든 건 생각을 안 하느냐고, 내가 싫은 거면 그냥 싫다고 말로 하라고 말이다.

그러다 이내 고개를 흔들고야 만다. 어차피 말해 봤자 통할 리 없으므로. 결국에는 별것도 아닌 일에 혼자 과민 반응 보이는 거라고 할 테니까. 이쯤 되니 어느 인생이건 이런 인물 한 명쯤 만나는 게 삶의 어떤 정해진 루틴이 아닐까 하는 생각이 들었다.

내가 이런 무례한 사람을 만나는 경우, 원래대로라면 전투 의지를 활활 불태우며 최선을 다해 상대를 미워할 것이다. 결국에는 가해자 없이 피해자만 남은 상황이 연출되는. 그러나 처음에는 괜찮았던 마음도 나중에 돌이켜 보면 명치 끝 언저리가 쓰라려서 저릿저릿할 것이다. 그래서 위의 방법은 절대 추천하지 않는다. 사실 상대보다 내가 더 큰 상처를 입게 되므로. 회복에 상당한 시간과 감정을 소모하게 된다.

그래서 무례한 누군가를 만났을 때는 그저 '그러려니'가 최고다. 저 사람의 캐릭터니까 그러려니. 저 사람의 모난 꼴을 봐도 넘어갈 수 있는 내가 아무래도 저 사람보다 더 큰 그릇인 것 같다 생각하며 그러려니. 저렇게 살 수밖에 없는 본인도 피곤하고 힘들 테니 그러려니. 나 또한 누군가에게는 힘들고 어려운 상대일 수도 있다고 생각하며 그러려니.

나쁜 감정은 좋은 감정보다 언제나 빠르다. 화가 날 때 누군가를 배려하는 마음을 쉽게 생각할 수 없고, 기분이 상했을 때 상대의 마음을 먼저 헤아리는 게 어렵다는 것이 바로 불문율이 아닐는지.

누군가를 미워할까 말까 애매한 감정이 든다면 내일쯤 미워하는 걸로 잠깐 미뤄 두고 그 지옥 같은 감정의 소용돌이에 나를 몰아넣지 말길 바란다. 미움받을 용기도 필요하지만 어쩌면 미운 마음을 미뤄 둘 수 있는 용기가 더 절실히 필요하기도 하니까.

누군가를 미워할끼 밀까
애매한 감정이 든다면
내일쯤 미워하는 걸로 잠깐 미뤄 두고
그 지옥 같은 감정의 소용돌이에
나를 몰아넣지 말길 바란다.

미움받을 용기도 필요하지만
어쩌면 미운 마음을 미뤄 둘 수 있는 용기가
더 절실히 필요하기도 하니까.

내 나이가
어때서?

"올해가 두 달밖에 안 남았어."

"또 늙는다."

"내년에는 꼭 결혼할 사람 만나야 하는데⋯."

매해 10월쯤이면 주변에서 들려오는 이야기다. 하늘은 청명하다 못해 깊고 푸르며 거리는 온통 단풍으로 알록달록 형형하건만, 이런 아름다운 계절과는 사뭇 어울리지 않는 우울한 대화다.

10월의 어느 날, 오랜만에 S한테 안부 전화가 왔다. 잠시 서로의 근황이 오갔다.

"올해도 다 갔는데, 넌 여전히 일만 하고 사는 거야?"

이 물음의 의도를 알기에 나는 웃으며 대꾸했다.

"그러게요. 감사하게도 일이 계속 있어요."

까르륵 콧소리를 내며 웃던 그녀가 결국은 처음부터 꺼내 놓고 싶었던 '그 말'을 기어이 하고야 만다.

"연애는 안 해?"

'연애'라는 두 음절이 기폭제가 되어 줄줄 다음 말이 쏟아졌다. 일하고 결혼할 거냐는 둥, 언제 연애해서 애를 낳겠냐는 둥, 웨딩드레스는 한 살이라도 어릴 때 입어야 태가 나고 예쁘다는 둥(사실 이런 관심은 안 가져 줘도 괜찮은데 말이다. 우리 부모도 안 하는 걱정을… 어째서 이럴까?).

비혼주의는 아니므로 "때가 되면 하지 않을까요?"라고 받아치고 싶지만 그저 입을 다문다. 이 말이 가져올 여파가 선연하기에.

"네 나이를 생각해야지."

나이 때문에 결혼을 서두르고 연애 상대를 적극적으로 찾아 나서는 게 맞는 걸까 하고 심각하게 고민한 적이 있다. 순간 내가 없이 나이만 있는 인생으로 전락해버릴 것만 같은 기분이 들었다.

이런 생각이 누군가에게는 어쩔 수 없는 골드미스의 어떤 합리화 혹은 핑계라고 여겨지기도 하겠지만 사실 크게 신경 쓰지는 않는다. 어차피 각자의 라이프 스타일이 있고 나의 현실을 말해 봐야 이해할 수도 없는 일이니까.

어느 날 SNS에서 배우 이하늬 씨가 이런 말을 한 것을 보았다. 자신은 서른여덟 살인데 아직도 도전할 수 있는 게 너무 좋고 신이 난다고.

가만히 나의 시간을 되돌려 보니 나 역시 도전을 참 많이 했다는 생각이 들었다. 주변에서 무모하다며 전부 뜯어말릴 정도로 말이다.

나는 대학을 두 번이나 갔다. 처음 다니던 학교는 3학년 1학기까지 다니고 그 다음 해 다른 학교로 새로 입학했다. 이때 친구들이 미친 거냐고, 1년만 있으면 졸업인데 왜 고생을 사서 하느냐면서 말렸다. 또 메인 작가 타이틀을 막 달고 날개 돋친 듯 잘나갈 때 과감히 방송 일을 접고 출판 쪽 일에 뛰어들기도 했다.

그러나 여기에서 중요한 건 단 한 번도 그때의 나의 선택을 후회한 적이 없다는 거다. 나이를 생각했다면, 혹은 그때 내가 쌓아 온 커리어를 아까워했다면 오늘의 나는 절대 없었을 거다.

나는 결혼보다, 연애보다, 나의 '지금'에 집중하는 이 시간이 더 좋다. 하루하루가 새롭고 오늘 내게 어떤 일이 펼쳐질지 기대된다.

하고 싶은 일 모두를 할 수는 없지만, 만나 보고 싶은 사람이 있다거나 한 번쯤 꼭 해보고 싶은 일이 생기면 그쪽을 향해 뛰어들기도 하면서(그러나 순전히 충동적인 감정에 의해 움직이지는 않는다. 충동적 감정은 언제나 해가 된다는 걸 수많은 실수와 끊임없는 넘어짐을 통해 알았으니까).

인생의 무수한 선택과 길 앞에서 나이 때문에 지금의 나를 제약하고 싶은 생각은 눈곱만큼도 없다. 지금의 나는 하루하루가 더 좋아지는 삶을 살고 있기에. 도전이라는 건 어쩌면 내 인생을 더 윤택하게 하는지도 모른다. 두려움보다 앞선 빛이 언제나 나를 기다리고 있으니까. 그래서 내가 나에게도, 또 나와 비슷한 상황에 처해 있는 당신에게도 하고 싶은 말.

"내 나이가 어때서?"

나이를 생각했다면,

오늘의 나는 절대 없었을 거다.

나는 결혼보다, 연애보다,

나의 '지금'에 집중하는

이 시간이 더 좋다.

인생의 무수한 선택과 길 앞에서 나이 때문에

지금의 나를 제약하고 싶은 생각은

눈곱만큼도 없다.

지금의 나는 하루하루가

더 좋아지는 삶을 살고 있기에.

애매해서 다행이고
　　이상해서 산뜻하고,

그래서 좋다

"혹시 그 사람 알아? 친해?"

간혹 주변 선후배가 물어 온다. 그때 같이 일했던 누구 피디를 아는지, 누구 작가를 아는지 말이다. 그중에는 스치듯 안면만 있는 사람이 있고, 함께 일은 했지만 프로그램이 끝나면 관계도 끝나는 사람이 있다. 그리고 지금까지 우정을 잘 쌓아 가고 있는 사람도 있다.

따라서 나는 그 관계에 따라 대답을 달리한다. 얼굴 두어 번 본 정도로 안면만 있는 경우에는 '모른다', 함께 일은 했지만 그 후로 관계가 지속되지 않은 인연일 때는 '그냥 일만 한 사이다', 현재도 잘 지내고 있는 사람은 '친하다'라고.

얼마 전 선배 K가 연락을 해 왔다. 지금 새로 들어가는 프로그램이 있는데, 피디 이력서를 보니 전에 내가 있던 제작사에서 일했다면서 말이다. 이름을 들어 보니 같이 일했던 피디였다.

"그 피디 어때? 일은 좀 해? 성격은?"

K는 내게 쉴 새 없이 그에 대한 호구조사 아닌 호구조사

를 해댔다. 일하는 스타일은 어떤지, 작가를 괴롭히는 무능한 피디는 아닌지, 촬영이나 편집 능력은 어떤지. 묻는 말에 대꾸하지 않고 가만히 입을 다물고 있자니 그녀가 말했다.

"너한테 알아봤다고 안 할 테니까 말 좀 해봐. 내가 불안해서 그래."

K의 불안증이 자극된 것은 이랬다. 몇 번의 촬영을 내보냈는데 현장에서 별것도 아닌 일로 작가에게 족족 전화를 걸어 확인해댄다, 현장 그림에 맥락이 없다, 인터뷰 컷에 쓸 내용이 없다는 이야기를 했다. 그리고 그 끝에는 "아니, 피디가 현장에서 이런 컨트롤도 안 되면 불안해서 살겠니?"라고 덧붙였다. 그녀의 말을 가만히 듣고 있던 나는 갑자기 궁금해졌다.

"그러니까 언니가 알고 싶은 게 R 피디에 대한 제 주관적 입장인 거예요?"

사실 R 피디와 나는 꽤 오래전에 일을 같이 한 사이였고,

지금은 이따금 서로에게 일로 도움을 요청하는 관계였다. 그래서 그녀의 물음에 원하는 답을 준다는 게 꽤 어렵고 애매했다.

일 스타일은 그간 여러 프로그램을 하다 보면 변할 수도 있기에 과거의 기억에다 약간의 친분을 담보로 "그 피디, 일 못하는 사람은 아니야."라고 할 수도 없었다.

물론 나의 주관적 입장을 전할 수도 있겠지만 어쩐지 이런 물음에 답을 한다는 건 늘 불편하고 어렵게만 느껴진다. 친한 것도, 그렇다고 아주 안 친한 것도 아닌 상대에 대한 내 주관적인 평을 제3자에게 전한다는 게 말이다.

'친하다 vs 안 친하다'

여기에는 상대와 나의 온도 차이가 확실히 있다. 나는 친하다고 생각해도 상대는 그렇지 않을 수도 있고, 나는 정말 안 친하다고 생각하는데 상대는 나와 꽤 친밀하다고 생각할 수도 있으니까.

누군가와의 관계에서 '친한 사이 vs 안 친한 사이'를 굳이 따지자면 명확하지 않고 애매한 사이가 더 많다.

나는 그들을 그저 '경계선 어디쯤에 걸친, 사회적 거리두기 그쯤에 존재하는 사이'라고 말한다. 친한 사이와 안 친한 사이 중간쯤에 위치한. 친해지는 단계에 있는 사람이건, 혹은 관계가 끝나 가는 사람이건 그들과 나의 관계는 현재진행형이므로.

모든 관계가 그렇듯 단계가 있다. 저마다 마음의 빗장을 여는 속도와 타이밍이 다르기에, 경계의 위치에 있는 사람 중에서 정말 내 사람을 만들고 싶은 대상이 있다면 속도를 잘 맞춰야 한다. 너무 서두르지도, 너무 늦지도 않게. 보폭을 맞춰 차분차분, 꼭꼭, 단단히 다져야 한다.

내가 아는 건 그 사람의 일부분일 뿐이지 전체가 될 수 없고, 또 내가 안다는 게 꼭 들어맞는 정답도 아니니까.

'경계선 어디쯤에 걸친' 관계에서 짚어 봐야 할 것은 이런 게 아닐까. 이 사람과의 만남에서 손익을 따지기보다 아무 조건 없이 건넬 수 있는 다정함이 서려 있는지. 어느 때고 불쑥 찾아오거나 연락해도 당황하지 않고 마음 한쪽을 기꺼이 내줄 만한 여유가 있는지. 상대로 인해 마음 상하는 일이 있더라도 '너라면 그럴 만한 충분한 이유가 있을 테니까'라고 생각해 줄 수 있는지 말이다.

꼭 친한 사이이기 때문에 가능한 거라고는 생각하지 않는다. 어쩌면 경계에 슬쩍 한 발 정도 걸친 애매한 사이이기에 더 잘 통할 수 있는 게 아닐까.

때론 그런 위로가 필요한 순간이 있다. 나를 너무 잘 아는 사람에게는 말하고 싶지 않고, 잘 모르는 사람에게 속을 터놓고 싶은 마음. 그렇지만 나와 관계가 너무 가까운 사람에게는 함부로 꺼내 놓기 어려운 속사정에 대하여. 이럴 때 경계선에 있는 누군가로 인해 생각지도 못한 뜻밖의 환기를 만나기도 한다.

구태여 친한 사이로 끌어들인다거나, 애써 끊어 내려 한다거나, 세세하게 관계의 구분을 지어 '너는 내 사람, 쟤는 네 사람' 하며 선을 긋기보다. 애매한 관계와 애매한 선상에서 애매하게 흐르는 시간이 가끔은 필요한 건지도 모르겠다.

환승하는
중입니다

"나 다른 일 찾아볼까 봐."

친구 Y의 푹 꺼진 목소리가 무겁게 내려앉았다.

"갑자기 왜? 무슨 일 있어?"
"무슨 일… 그게 없어서. 없어도 너무 없다는 게 문제지."

Y는 지금 자신의 삶이 무섭도록 일직선 상태라고 했다. 이대로 가다가는 자신이 공중으로 풀어져 녹아 없어질 것만 같다면서, 이러나 아무것도 없는 무(無)의 상태로 돌아갈 것만 같다면서.

단순히 인생의 비전이라거나 목표 지향적인 것들이 무너져 내렸다거나, 혹은 자신의 라이프스타일에 대단히 불만이 있다거나 그런 건 아니라고. 그저 인생의 가장 중요한 순간에 꼭 나침반을 잃은 것만 같은 느낌이라고 했다.

내게도 그날이 그랬다. 어떤 회한 같기도 하고 박탈감 같기도 하고, 자괴감 같은 것이 온종일 꼬리표처럼 따라다니며 나를 못살게 구는 고약한 날이었다. 마음도 괴롭고 몸은 물먹은 솜처럼 축축 처져 늘어지던 날.

나는 아마도 작가가 된 것에 후회 비슷한 걸 했던 모양이다. 가끔은 공허하고 헛헛한 날도 있었지만 작가가 되기로 결심한 이후 이 길을 택한 것에 후회란 걸 해본 적은 없었는데 말이다.

이런저런 복잡한 마음으로 지하철에서 내려 버스로 갈아타는데 "환승입니다." 소리가 낯설게 들리면서, 어떤 깊숙한 내면의 뿌리를 '툭' 하고 건드렸다.

'나는 왜 이 길을 선택한 걸까?'

정말이지 새삼 모를 일이었다. 내가 왜 작가가 되고 싶었는지, 나는 어떤 색깔을 가지고 있는 사람인지.

나는 도화지 같은 사람이라고 생각했다. 그래서 색이 강한 누구와도, 그 색이 옅다 못해 구분이 잘 안 가는 사람과도 한데 어우러져 잘 섞일 수 있다고 생각했다. 그런데 아니었다. 나는 백색 도화지가 아니라 그냥 색이 없는 사람이었다. 정확히 말해 내 색깔이 무언지 모르는 무색무취한 사람이었다.

좋아하는 글은 있지만 정작 내가 어떤 글을 쓸 줄 아는 사람인지, 어떤 글을 잘 소화하는 사람인지, 어떤 글을 쓸 때 빛이 나는 사람인지 몰랐다. 그저 주어진 글을 쓰고, 주어진 일을 감당해 내는, 어떤 노력과 훈련으로 만들어진 그런 글을 쓰고 있는 느낌이었다. 이걸 알게 된 순간부터 몇 달을 그렇게 보내고 그날 내 안에서 무언가가 터진 듯했다.

'나는 작가가 맞을까? 계속 이렇게 글을 써야 할까? 나는 어쩌지….'

작가라는 타이틀을 그만 내 인생에서 떨쳐 내야 하는 건지 생각이 깊어졌다.

그리고 그날 고등학생 때 썼던 시 한 편을 발견했다. 뭔가 기분이 묘했다. 내가 이런 글을 쓸 줄 알았구나. 노트에 글을 쓰려고 부단히 애를 쓴 흔적도 보였다. 한참을 그렇게 책장 앞에 앉아서 고등학생 때, 대학생 때, 그리고 방송 생활을 하며 썼던 글을 읽어 내려갔다.

그리고 새삼 알게 되었다. 나는 글 쓰는 것 자체를 좋아한다는 사실을 말이다. 절대로 작가란 직업을 포기하거나 버릴 수 없다는 것도. 그날 나는 내가 쓰고 싶은 글이 어떤 것인지 어렴풋이 알게 된 것 같다.

우리는 저마다 정해진 목적지를 향해 매일 수고스러운 여정을 거친다. 출근을 하고 등교를 하고 누군가를 만나러 가는 과정에서 버스와 지하철을 타며 '환승'이라는 걸 한다.

환승을 한다는 건 목적지를 향해 길을 바꿔 타는 걸 의미한다. 오래되고 낡은 1호선에서 내려 쌩쌩한 9호선에 몸을 싣기도 하고, 흔들리는 버스에서 내려 철커덩대는 지하철이나 기차를 타기도 한다.

환승은 새롭다. 꼭 새로운 길 위에 발을 들이는 것만 같은 마음이 든다. 무료하고 따분한 일상의 어느 날, 멀리서 불어닥친 회오리바람을 타고 오즈로 날아간 도로시가 된 것만 같은 기분이 들기도 하니까.

'인생의 환승'은 그런 게 아닐까. 가끔 슬럼프나 딜레마가 주는, 나침반을 잃은 현실에 꼭 필요한 테마 같은 것.

매일 도돌이표 같은 일상에 공허함을 느끼는 당신일지라도, 잘 가던 길에서 어느 날 갑자기 목적지를 잃은 것 같은 황망함을 느끼는 당신일지라도, 내 뜻대로 되지 않는 현실에 갑갑함을 느끼는 당신일지라도 괜찮다. 잘 가고 있으니까. 목적지를 위해 지금 환승이 필요한 것뿐이니까. 그러므로 불안에 잠 못 이루는 밤일지라도 걱정하지 말길.

나침반이 좀 망가졌다 해도, 잃어버렸다 해도, 인생은 망하지 않는다. 절대. 지금 길을 좀 잃었다고 지구가 멸망하는 게 아닌 것처럼.

길을 잃어 봐야 새로운 길도 가 보게 된다. 이 길에 펼쳐진 수많은 사람을, 저 길에 펼쳐진 수많은 이야기를 마주하게 된다. 설사 잘못 들어선 길 끝의 절벽 앞에 놓였을지라도 헐밍보나는 눈앞에 펼쳐진 바다와 수평선의 절경을 발견할 수도 있는 것처럼.

부족한 내 글이 어떤 이에겐 위로로, 삶이 두려운 누군가에겐 용기로, 공허하고 허전한 마음을 어쩌지 못해 하루하루를 그저 그런 날로 살아가는 누군가에게는 충만한 사랑으로, 사춘기 혹은 청춘들에게는 가슴속에 수줍게 간직하고 싶은 공감의 한 줄로, 그렇게 기억되길 바라며… 활자의 어려움과 두려움 앞에 한 자 한 자 적어 내려가는 나는 지금

"환승하는 중입니다."

번아웃과
동거하기

어느 날 아침. 느지막이 눈을 떠 커피 한 잔을 타서 책상 앞에 앉아 멍하니 창밖을 볼 때였다. '주르륵'. 갑자기 두 눈에서 쉴 새 없이 눈물이 흐르기 시작했다.

'어? 나 지금 우는 거야?'

갑작스레 흐르는 눈물에 당황해서 손등으로 재빨리 눈물을 닦아 내었다. 뇌신경에 이상이라도 생긴 건지, 혹은 눈물샘이 고장 난 건지 모를 일이었다. 이 황당한 상황을 모면하려 커피 한 모금을 삼키자 미치도록 쓴맛이 입안 전체를 휘감았다. 미각에도 문제가 생긴 걸까. 절레절레 머리를 흔들며 노트북을 여는데 손끝이 움직이지 않았다. 가지런히 키보드 위에 놓인 손등을 내려다보니 또다시 '후두둑' 눈물이 쏟아졌다. 나의 이런 현상은 하루에도 여러 번, 그리고 여러 날 동안 계속되었다.

'아, 나 되게 고장 났구나.'

문제는 어디가 어떻게 고장 났는지 전혀 알 수가 없다는

것이었다. 몸의 어디가 딱히 아픈 것도 아니고, 우울감이
있는 것도 아니었다. 평소와 다를 게 없는 것 같은데 도대
체 뭘까? 답 없는 질문만이 계속 머릿속을 어지럽게 맴돌
았다. 답답한 마음에 C에게 전화를 걸었다.

"저 좀 이상한 거 같아요. 어디가 못 쓰게 됐나 봐요."

푹 꺼진 목소리에 C가 놀라며 물었다.

"왜? 무슨 일 있어?"
"그게 아니라… 책상 앞에만 앉으면 자꾸 눈물이 나요.
처음 있는 일이라 왜 그런지 모르겠어요."

한숨이 절로 터졌다. 이윽고 그녀가 웃음을 터뜨렸다.

"번아웃이네."
"번, 아웃이요?"
"그래, 번아웃. 나도 가끔 그게 오는데, 그냥 무조건 잘 먹
고 잘 쉬고 잘 자면 지나가. 그동안은 아무것도 하지 말고."

C와 통화 후 그간 나의 일상을 돌아보았다. 정신없이 일만 했던 시간. 그 안에 나는 없었다. 눈코 뜰 새 없이 책 원고 작업과 드라마 대본 작업을 오가는 동안 하루가 어떻게 시작되고 저무는지도 몰랐다. 두피에서 열꽃이 피고 탈모 비슷한 게 생겨 머리카락이 한 움큼씩 빠져도 몸을 돌보지 않았다. 하루 24시간 중 10시간 이상을 책상에 앉아 있다 보니 허리며 무릎이며 아프지 않은 데가 없었다. 그렇게 장장 몇 년을 하루도 빠지지 않고 로봇처럼 글만 써댔다. 그게 당연한 거라 생각했다. 그래도 좋았다. 그 안에 서린 나름의 행복과 짜릿한 성취감이 있었기에.

치열했던 나의 날들…. 나는 나에게 선물을 하나 주기로 했다.

'아무것도 하지 않기. 그냥 이대로 나를 내버려 두기.'

번아웃인지 뭔지, 이 정체 모를 놈에게 당하지 않고 그저 지금의 게으름과 귀차니즘을 마음껏 누리고 만끽하기로 했다. 그리고 이런 나의 날도 아낌없이 사랑하자고 다짐

했다.

앞으로 또다시 이 녀석이 나를 찾지 않으리란 보장은 없다. 아마도 수시로, 혹은 빈번히 벌어진 내 안의 틈을 헤집고 공격해 올지도 모른다. 그렇다고 할지라도 굴하지 않고 말하고 싶다.

"마음대로 해. 오든가 말든가. 나는 그냥 너를 인정하기로 했으니까."

치열했던 나의 날들….

나는 나에게 선물을 하나 주기로 했다.

아무것도 하지 않기.

그냥 이대로 나를 내버려 두기.

쏟은 건
　　어쩌면 마음

"이제 퇴근하세요?"

　빌딩 입구로 쏟아져 나오는 사람들의 왁자지껄한 소리
뒤로 귀에 익은 목소리가 들려왔다. 약속 시간보다 조금 일
찍 B의 회사 앞에 도착한 나는 귀에 익은 소리가 나는 쪽
으로 고개를 돌렸다. 그리고 맞부딪친 두 개의 시선. 누가
먼저랄 것도 없이 나와 H는 각자의 시선을 거둬들였다. 뒤
에 서서 그런 나와 H를 보던 B가 밋쩍세 내 어깨를 툭툭
쳤다.

"괜찮은 거지?"
"안 괜찮을 게 뭐 있나. 그게 언제 적 일이라고."

　씁쓸하게 웃어넘기는 나를 보던 B가 "오늘 맛있는 거 먹
자!"라며 화제를 돌렸다.
　B와 나란히 버스를 타고 가는 길, 조금 전 H와 맞닥뜨린
순간을 떠올렸다. 그리고 그때의 일도.
　내가 H를 알게 된 것은 한 방송 프로그램에서였다. 책
출간을 목전에 두고 있었던 나는 진행하던 프로그램에서

하차하게 됐고 후임으로 H가 왔던 것이다.

단 하루의 만남. 인수인계를 급히 해주고 떠났기에 나와 H의 만남은 그것이 전부였다. 그런데 희한하게도 딱 하루 본 H에게 왜 그토록 마음이 쓰였을까. 그건 아마 그녀의 마지막 말 때문이었는지도 모른다.

"저도 한번 안아 주세요."

마지막 녹화 날, 그간 고생 많았다며 스태프들과 가벼운 포옹과 악수를 할 때였다. 말끄러미 보던 H가 내 앞에 두 팔을 멋쩍게 벌리고 서 있었다. 자신도 한번 안아 달라고. 나는 흔쾌히 그녀를 안아 주었다. 앞으로 힘내서 잘해 보라고 말이다. 그것이 H와 인연의 시작이었고, 프로그램을 그만두고도 이따금 서로 연락을 주고받았다.

그 무렵이었다. 나는 아르바이트로 어떤 회사의 일을 진행하고 있었는데 급하게 작가를 구해야 하는 상황이 생겼다. 그때 H가 생각났다. 왜 그녀가 제일 먼저 떠올랐는지는 모르겠지만 일단 H에게 전화를 걸었다.

"요즘 어떻게 지내?"

"저 ○○ 프로그램 하고 있어요."

"그렇구나. 일하는 건 괜찮고?"

"아니요… 저 너무 힘들어요."

  한 달 뒤 H는 내가 있는 회사로 일자리를 옮겼다. 그렇게 석 달쯤 지날 때였다. 한번은 H 그리고 B와 함께 저녁을 먹는 자리가 있었는데 그때 H가 이런 말을 했다. 내가 일하지 않아서 자신에게만 일이 밀려든다는 것이다.

  기가 막히고 황낭하고 화가 머리끝까지 치솟아 손끝이 바들바들 떨렸다. 일터를 옮기고 이것저것 힘들까 싶어 그만큼 신경 써 주었는데 말이다. 그래서 H가 할 일까지 내가 떠맡아 하느라 정작 나는 몸이 바스러지게 일하고 있었는데 이런 얼토당토않은 말을 하다니.

  그날 밤 나는 분한 마음에 뜬눈으로 밤을 지새웠다. 지독히도 H가 미웠고 차갑게 흐르던 마음이 시리도록 얼어붙었다.

  그렇게 며칠이 지나고 감정을 추스른 나는 H와 앙금을 잘 풀어 보기로 했다. 앞으로 그녀와의 관계를 계속 이어가

든 그렇지 않든 지금 이 지옥 같은 내 마음의 터럭을 털어 내는 게 무엇보다 중요했으니까(이기적이라고 할 수도 있겠지만, 계속 누군가를 미워하면서 살고 싶지 않았다).

다행히 H와 엉킨 마음의 실타래는 잘 풀어 내었고, 더 이상 그녀가 미워 보이지 않았다. 다만 마음이 이전과는 같아질 수 없다는 시린 여운만 남았다.

마음이 이미 상해 버린 것은 어쩔 수 없는 노릇이기에 상처에 너무 집착하지 않길. 어쩌겠나. 이러니저러니 해도 결국 나는 마음 주는 것에 주저함이 없는 사람인 걸.

나도 상대에게 받지 못한 마음에 전전긍긍하던 시절이 있었다. 그러다 보니 어느새 내 마음보다는 상대의 마음에 집착하고 있었다. 이걸 안 순간, 맥이 탁 풀려 가던 걸음을 멈추고 그 자리에 미끄러지듯 털썩 주저앉아 그냥 울어 버렸던 기억이 났다.

어쩌면 나는 상대에 대해서도, 나 자신에게도 여유로울 수가 없었다. 여유란 건 언제나 내 차지가 아니었으니까. 그러나 받지 못한 마음에 전전긍긍하지 않아도 괜찮다. 대신 나는 이번에도 누군가를 품었다고, 그렇기에 괜찮다고. 결국은 이런 게 여유니까.

어쩌겠나.

이러니저러니 해도

결국 나는 마음 주는 것에

주저함이 없는 사람인 걸.

상처에서
자유로워질 것

"요즘은 누군가의 말 한마디에 일희일비하는 내가 진짜 싫어."

K는 깊은 한숨을 내쉬었다. 최근 자신의 모습이 부쩍 한탄스럽다면서 고민을 털어놓았다.

어쩐지 요즘은 하는 일에도 자신감이 떨어지고, 내놓은 결과물에 대해 누군가가 한마디 하면 거기에 마음이 좌지우지되는 게 정말 마음에 들지 않는다고 했다. 누군가 "되게 좋은데!" 하고 가볍게 던진 칭찬에 마음이 들떴다가도 "이건 좀 아니지 않아? 별로네." 하는 말에 금방 마음이 곤두박질친다고 했다. 오늘은 방긋했다가 또 내일은 울적해졌다가, 매일 이런 일상을 반복하다 보니 상처의 늪만 점점 깊어진다는 소리였다.

"어떻게 하면 좀 단단해질 수 있을까?"

곧 울 것 같은 표정의 K를 말끄러미 응시하며 말했다.

"상처라는 거, 안 받으면 장땡 아닌가?"

"참나, 말이 쉽지. 그게 되니, 넌?"

"안 될 건 뭐야. 결국 내 선택의 문제인 걸."

대수롭지 않게 반응하는 내 태도에 K는 못내 서운하다는 듯 입을 꾹 다물었다.

"혹시 지금 상처받았어?"

"응."

뾰로통하게 대꾸하는 K를 보자니 픽 웃음이 터졌다.

"너는 받는 걸 참 잘해. 상처 같은 건 좀 안 받아도 되잖아? 기어이 왜 받아들여서 안 해도 될 속앓이를 사서 하냐, 넌."

K의 마음, 감정, 상태를 몰라서가 아니다. 그녀가 원하는 위로를 얼마든지 해줄 준비도 돼있었다. 그러나 K가 바라는 위로는 얼마 못 가 위력을 상실할 것이다. 결국 본질적으로 해결이 안 되는 것이기에. 누구보다 지금 K가 겪는 외로움과 고충을 절실히 공감하고 이해할 것 같았다. 나 역

시 K와 같았기 때문이다.

나는 말에 민감한 사람이었다. 누군가가 찌른 작은 말 한 마디에 밤잠을 이루지 못할 만큼 몸살을 앓기도 했다. 겉으로는 꽤 괜찮은 척하지만 아무렇지 않은 척하는 내 모습에 더 한심함을 느끼기도 하면서. 그러다 보니 이런 내 모습을 볼 때면 밀려오는 자괴감과 박탈감에 마음이 움츠러들기도 했다.

'나는 어째서 이렇게 물러 터졌을까?'

한동안 상처를 준 상대만을 탓했다. 내가 상처받도록 행동하고 말하는 상대방이 문제라고 손가락질을 해댔다. 이렇게 아픈 곳만 콕콕 짚는 저 사람이 나쁜 거라고 재단해버렸다.

그러던 어느 날, 내 생각을 180도 뒤엎는 일이 생겼다. 지인 P가 말했다. 너는 정말 '상처 제조기' 같다고. 자신에게 상처만 주려고 아주 작정한 사람 같다면서 말이다. 자신이 마치 '감정 쓰레기통'이 된 것만 같다고 했다.

순간 머리가 멍해졌다. 그것은 순전한 P의 오해였다. 친구에게 상처를 주려고 작정하고 달려들다니. 그런 사이라면 절교를 하고 말 일이지. 상대도 피곤하고 나 역시 감정 소모만 일으키는 상황을 구태여 만들 필요가 있을까(물론 부러 못되게 상대의 아픈 부분만 찔러대는 몹쓸 사람도 있지만, 대부분의 사람은 자기 사람에게 그러지 않는다는 걸 말해 두고 싶다). 그러나 내 생각이 이러한들 상대의 마음은 이미 깨져 버린 후였다.

P에게 상처가 되라고 일부러 말하거나 행동한 적은 정말이지 단 한 번도 없다. 하지만 이런 마음일지라도 받아들이는 P의 입장에서는 상처가 됐던 것이다. 그렇게 다른 사람의 마음이 들여다보였다. 내게 상처를 줬다고 생각한 사람들도 이런 마음이었겠거니.

상처를 '받다'의 의미는, 그러니까 결국 받아들이지 않고 분명히 '거절할' 선택도 가능하다는 이야기다.

맞다. 상처라는 것은 주기도 하고 받기도 하니까. 그렇기 때문에 상처에 잠식될 건지 말 건지의 기로에 선 나는, 선택을 할 수 있는 것이다.

상처를 '받는' 것에 최대한 무른 사람이 되자. 미룰 수 있는 만큼, 할 수 있는 대로, 사력을 다해서, 상처를 받아들이는 데 느린 사람이 되자.

하지만 그래도 안 되는 날이 있다. 세상에서 쓴물, 신물 다 삼켜야 하는 순간이 기필코 찾아오기도 하니까. 그럴 땐 조용하고 강하게, 소리 없이 세게, 이렇게 못 박아 보자.

"상처? 노 땡큐!"

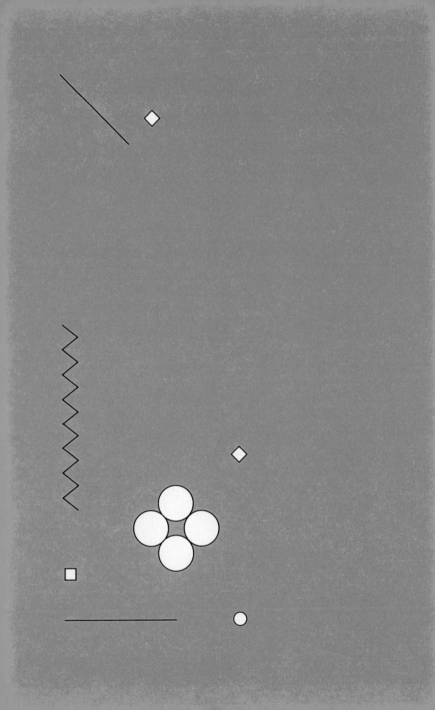

PART 4 그래도 여전히 사랑을 믿는 이들에게

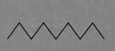

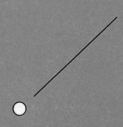

따뜻하게,
부드럽게,
토닥토닥

마음대로 살아지지도, 뜻대로 굴러가지도 않는 날들의 연속이었다. 그 당시 나는 참 되는 일이 하나도 없었다. 하는 일마다 꼬이고 안 풀리기 일쑤였고, 남자 친구와는 하루가 멀다 하고 싸우기 바빴으며 믿었던 친구에게 배신을 당하기도 했다. 서럽고 억울하고 화도 나고 한심하기도 하고⋯. 내 인생은 참 기가 막히게 막연했다.

무언가 대단히 욕심을 내거나 포부를 품은 인생도 아니었다. 그저 하루하루 좀 평안하게 지나가길 바라는 게 전부인, 어쩌면 그걸 철칙처럼 여겨 온 인생이었다. 그런데 그마저도 허락되지 않다니, 이건 해도 해도 너무했다.

그래서 죽고 싶었느냐고 묻는다면 단연코 NO. 오히려 반대였다. 이를 악물고, 이런 삶에 대해 오기를 넘어 독기까지 품어지는 터였다.

'내가 보란 듯이 잘 살아 준다! 꼭!'

답답한 마음에 무작정 기차를 탔다. 목적지는 지금 내가 서 있는 이곳만 아니면 되었다. 배낭에 간단한 짐을 챙겨 기차역으로 향했다. 뭔가 울적하기도 하고 무기력하기도 하고, 또 조금은 시원한 것 같기도 하고, 이런저런 기분을 느끼며 기차에 올라타 두리번거리며 내 자리를 찾아 앉았다. 그런데 자리에 앉자마자 얕은 한숨이 터졌다.

창가 쪽 자리에 앉고 싶었는데 창가 쪽 자리가 아니었다. 그때만 해도 나는 이런저런 신경 쓸 정신머리가 없었고, 무언가 선택을 하는 게 어려웠다. 자리를 선택하는 것마저 내 선택으로 잘못된 결과가 나올 것 같은 기분에 역사 직원이 주는 대로 표를 받아 든 것이었다. 참담한 기분이 들었다. 그런데 나의 참담함은 거기에서 끝나지 않았다.

차창마다 들어오는 햇살을 막기 위한 커튼이 꼼꼼히도 쳐져 있었고, 내 옆에 앉은 아주머니도 커튼을 닫아 놓은 상태였다. 자리야 그렇다 치더라도 창밖을 보며 갈 수 있다면 좋을 텐데…. 그림 같은 풍경을 보며 간다면 기분을 환기할 수 있을 거라는 기대감이 물거품처럼 꺼졌다.

아주머니께 양해를 구해 볼까, 잠깐이나마 이런 생각도 했지만 이내 그만두었다. 방송 생활을 하면서 출연자 섭외를 할 때면 읍소하는 게 내 일이었으니까. 여기서까지 그러고 싶지 않았다. 허탈하고 공허한 마음에 너털웃음이 절로 새어 나왔다. 햇빛 한 줌도 내 맘대로 보며 갈 수 없는 처지라니. 꼭 내 인생 같았다. 깜깜하기만 해서 어디로 나가야 할지 모르는, 막연하고 침체된 나. 울컥하고 눈물이 쏟아질 것만 같아 나는 이어폰을 꽂은 채 그대로 눈을 감아 버렸다.

이어폰을 타고 흐르는 노래는 내 마음을 더욱 울적하게 만들었다. 계속해서 괜찮다고 자기 최면을 걸며 지금의 상한 기분으로부터 멀어지기 위해 안간힘을 썼다. 하지만 그럴수록 내 마음은 더 참담해졌다.

나는 쥐뿔만큼도 괜찮지가 않았다. 그걸 애써 누르고 달래려니 더 미칠 노릇이었다. '이럴 거면 그냥 집에나 있을걸, 다음 역에서 내려 집으로 갈까?' 하는 마음이 들면서 엄청난 피로감이 몰려왔다.

그렇게 다음 역이 가까워질 즈음, 누군가 내 어깨를 톡톡 건드렸다. 눈을 떠 보니 옆자리에 앉은 아주머니가 웃으며 무언가를 내미는 것이었다. 박하사탕이었다. 나는 이어폰을 빼고 아주머니와 박하사탕을 번갈아 쳐다보았다. 아주머니는 그런 나를 멋쩍게 쳐다보며 말했다.

"혹시 어디까지 가요? 좀 심심할까 봐. 이거 입에 넣고 살

살 녹여 먹다 보면 어느새 목적지에 다 와 있더라고."

　아주머니가 준 박하사탕을 고맙다는 인사와 함께 받아 들었다. 그리고 박하사탕 비닐을 벗겨 입 안에 쏘옥 넣었다. 달콤하고 홧홧하고 시원하고 씁쓸한 맛. 박하사탕을 곱씹다가 나는 그만 '풋' 하고 웃음이 터져 버렸다.

　박하사탕을 찬찬히 녹이다 보니 어느새 참담했던 기분이 조금씩 날아가고 있었기 때문이었다. 이 작은 박하사탕 하나가 나를 위로하는 기분. 그날의 박하사탕은 나를 그렇게 감싸 주었다. 따뜻하게, 부드럽게, 토닥토닥.

마음대로 살아지지도,

뜻대로 굴러가지도 않는 날들의 연속이었다.

무언가 대단히 욕심을 내거나

포부를 품은 인생도 아니었다.

그저 하루하루 좀 평안하게

지나가길 바라는 게 전부인,

어쩌면 그걸 철칙처럼 여겨 온 인생이었다.

친구,
해줄까요?

💬 혹시 이거 기억나?

30여 년을 함께 보낸 친구 E에게서 온 메시지였다. 그녀가 보내온 메시지에는 몇 장의 사진도 첨부돼있었다.

'이게 뭐지?'

사진을 가만히 들여다보니 중학생 때 내가 E에게 준 우정징이었다.

그 시절에는 좋아하는 남학생이나 친한 친구에게 러브장, 우정장을 주는 게 유행이었다. 진심 100%의 내 마음을 노트 한 권에 빼곡하게 채워서 주는 것. 노트의 지면마다 형형색색의 컬러 펜으로 예쁜 그림을 그리거나 꾸며서 편지도 쓰고, 나의 근황에 대한 이야기도 담았다.

그 노트를 보니 그때의 내 마음이 느껴져 슬며시 웃음이 나왔다. 그리고 가슴 한쪽이 간질간질해졌다. 한참 사진을 들여다보며 감상에 빠져 있을 때 그녀가 다시 메시지를 보내왔다.

💬 다 봤어? 나 짐 정리하다가 이거 보고 엄청 빵 터졌어.

이 노트를 발견하고 홀로 깔깔깔 웃어댔을 E의 얼굴을 떠올리며 답을 했다.

💬 그러게. 이런 게 있을 줄이야. 이래서 뭐든 기록하고 봐야 해.

💬 맞아. 기억이 새록새록하다. 우리한테 이런 시절이 있었다는 게.

💬 ㅎㅎ 이게 없었으면 이때 내가 너를 얼마나 절친으로 생각했는지 확인할 방법이 없잖아.

💬 그러니까. 고맙다 친구야.

나의 친구가 내게 말했다. '친구'라고.

30여 년을 함께 보낸 누군가가 있다는 건 참 행복한 일이다. 내가 걸어온 시간을 누군가와 함께 공유하고 추억할 수 있다는 건 엄청난 특권이기도 하니까. 나의 시절을 기억해 주는 상대가 있다는 것만큼 삶에서 굉장한 일이 또 있을까.

그런데 요즘은 이런 마음을 나눌 수 있는 기회가 점점 사라져 가는 것만 같아 못내 쓸쓸하기도 하다. 누군가에게

섣불리 다가가기가 어렵고, 또 가까워졌다 해도 금세 그 관계가 시들해지기도 하니까 말이다.

그래서 굳이 누군가와 나를 연결하려고 하지 않는, '나홀로주의'가 편해지는 시대가 되었다. 구태여 여러 관계를 많이 만들어 피곤해지기 싫다는 명분이다. 지금 맺은 관계들도 잘 이어가기가 어려운데, 혹은 나 하나 건사하는 것으로도 버겁고 힘든데 내 인생에 누구 하나 더 보태지 말자고. 그럴 바에야 OTT 드라마나 영화 한 편 보는 게 더 유익하다는 사람들이 많아졌다.

초등학교에 막 입학해 새 친구를 사귀어 신이 난 조카를 보며 이따금 물을 때가 있다.

"우리 공주는 학교에서 친구 만나는 거 좋아?"
"응!"
"어떤 친구들이 있는데?"

조카는 천진하게 웃으며 조잘조잘 친구들 이름을 읊어댄다. 머리카락이 긴 ○○, 얼굴이 잘생긴 ○○, 소꿉놀이를 같이 하는 ○○, 키즈 카페에 같이 가는 ○○, 놀이터에서 같이 노는 ○○….

친구 이야기를 하며 즐거운 듯 연신 까르르 웃어대는 조카를 바라보니 나의 그 시절이 떠올랐다. 놀이터에서 처음 만난, 그러니까 이름도 모르고 성도 모르는 또래와도 자연스럽게 어울리며 뛰어놀던 시절. 시시콜콜한 이야기를 주고받고 은밀한 이야기도 스스럼없이 꺼내 놓으며 친구가 되던 시절 말이다.

그러나 이제는 이런 친구를 만드는 게 로또 당첨보다 힘든 일이 돼버렸다. 어쩌면 그보다는 누군가에게 다가가는 게 두려운 일이 된 것은 아닐까.

나의 호의를, 어떤 목적이 있는 행위로 받아들이는 상대도 있기에. 아무 조건 없이 베푸는 나의 친절을, 세상에 공짜는 없다는 논리로 마음을 거절하는 일도 있기에. 그 어떤 이유를 막론하고 베푼 배려가 싸늘한 외면으로 돌아오는 날도 있기에. 마음을 전하는 일이 너무나도 어려운 현실이 되어버렸다.

누구에게나 친구는 필요하다. 그 이름이 주는 힘을 알기에 더욱 절실하다. 그래서 나는 오늘, 처음 만난 누군가에게 이런 말을 불쑥 꺼내 놓기도 한다. 아무런 조건 없이, 그 어떤 이유도 없이.

　그냥 세상에 당신 편이 돼줄 사람이 한 명 정도는 있다고
말하는 것처럼.

　"내가, 친구 해줄까요?"

쉽게
　행복해지는
사람

몇 해 전 나의 작가 선생님인 C가 운영하는 카페에 들러 시간을 자주 보낼 때였다. 노트북을 켜 놓고 글을 끄적이기도 하고, 세상 돌아가는 것도 보고, 그것도 지겨우면 C와 수다를 떨거나 가끔 카페에 오는 손님을 맞기도 하면서 여유로운 시간을 보냈다.

내가 그녀의 카페를 좋아하는 데에는 몇 가지 이유가 있는데 그중에서도 제일 좋은 건 C가 직접 만들어 주는 샌드위치였다. 이따금 그 샌드위치가 먹고 싶어 부러 끼니를 거르고 갈 때도 있었는데 그날도 그랬다.

카페를 새 단장 하던 날이었다. C는 간판부터 찻잔, 티슈 등을 교체하며, 새로 카페를 꾸미느라 분주했다.

나는 쇼케이스 안을 슬쩍 보며 샌드위치가 있는지부터 확인했다. 사실 C의 샌드위치는 인기가 좋아서 종종 다 팔리고 없기 때문이다.

그날은 주말이었고 날씨가 너무나도 좋은 어린이날이었기에 모두들 나들이를 갔을 테니 샌드위치가 한두 개 정도는 남아 있을거라 기대를 품었다. 그런데 샌드위치가 없었다. 서운함과 헛헛함이 동시에 밀려왔다. 그렇다고 이 바쁜

날 C에게 샌드위치를 만들어 달라고 하기에는 미안했기에 다음을 기약할 수밖에 없었다.

아쉬운 마음을 뒤로 하고 자리를 잡고 앉은 나는 C가 일하는 뒷모습을 가만히 바라보았다. 앞뒤로 열어 놓은 카페 문으로 들어온 5월의 봄바람이 분주하게 움직이는 그녀의 팔에도, 어깨에도, 살짝 지친 등허리에도 살랑살랑 내려앉았다. 하루 12시간씩 일에 열심인 C의 모습은 어쩐지 짠하기도 하고 대단해 보이기도 하고 멋있어 보이기도 했다.

한참 그렇게 앉아 있는데 내 앞에 샌드위치가 담긴 접시가 놓였다. 있는 재료가 참치밖에 없다면서 C가 멋쩍은 듯 미소를 지었다.

카페에 놀러 갈 때마다 C가 항상 묻는 첫마디,

"밥 먹었니?"

혼자 사는 제자가 끼니를 잘 챙기는지 한 번이라도 더 챙겨 주고픈 엄마의 마음 같은 걸 느꼈다. 어떤 날은 매번 얻어먹기만 하는 게 죄송해서 계산이라도 할라치면 그녀는 말했다.

"정 내고 싶으면 커피값만 내. 샌드위치는 내가 너를 위해 마음으로 만든 거니까."

어쩐지 가슴 한쪽이 따끔거리면서 무언가 울컥 올라왔다.

평범해 보이는 그녀의 샌드위치에는 많은 것이 담겨 있다. 이 샌드위치 하나를 만들기 위해 C는 늦은 저녁, 장을 봤다. 빵을 사고, 싱싱한 채소를 고르고, 재료를 찌고 썰고, 소스를 만들고… 이 모든 것이 담긴 샌느위치를 '그냥' 샌드위지로 보기에는 어쩐지 아깝다는 생각이 들었다.

접시 위에 예쁘게 플레이팅된 샌드위치를 가만히 들여다보고 있자니 새삼 그 안에 담긴 마음이 보였다.

맞바람 치는 봄바람에 기대어 C가 만들어 준 참치 샌드위치를 한 입 베어 물었다.

맛있다. 정말 맛있다. 그래서 행복하다는 느낌이 절로 드는 순간이다. 그녀의 샌드위치는 샌드위치 이상의 어떤 짙은 마음이 응집돼 있다.

샌드위치가 뭐 그리 대단해서 유난이냐고 할 수도 있겠지만 나는 이런 샌드위치가 있어서 정말 다행이라고 말하고 싶다. 제자를 위해 내놓는 정성 가득한 샌드위치, 그걸로 충분하다고. 그래서 행복하다고. 누구나가 찾는 행복, 그 행복이 이 안에 가득하다고.

샌드위치를 한 입 '우적' 씹어 본다. 봄바람을 맞으며 연신 싱글벙글. 샌드위치를 씹고, 봄을 씹고, 행복을 씹고.

'행복, 별거 있나.'

정말 다행이라고.

그걸로 충분하다고. 그래서 행복하다고.

누구나가 찾는 행복,

그 행복이 이 안에 가득하다고.

샌드위치를 한 입 '우적' 씹어본다.

봄바람을 맞으며 연신 싱글벙글.

샌드위치를 씹고, 봄을 씹고, 행복을 씹고.

'행복, 별거 있나.'

헤픈 칭찬이
　　어때서?

12월 24일 크리스마스이브, 몇 달 만에 만난 선배 W가 환한 웃음으로 나를 맞아 주었다. "우리 해주다!" 하면서. '우리 해주'라는 말에 설핏 미소가 배어 나왔다. 언제 들어도 W의 목소리에는 사람을 미소 짓게 하는 힘이 있다는 생각에.

그간 잘 지냈는지, 어떻게 지냈는지 이야기를 나누고 바뀐 머리 스타일이 진짜 잘 어울린다. 점점 회춘하는 것 같다 근황을 전하다 W가 불쑥 말했다.

"너 만나면 기분이 진짜 좋아. 왜 그런지 생각해 봤는데, 우린 서로 칭찬을 참 잘하는 거 같아."

칭찬을 잘해서 좋은 우리. W는 나와의 관계를 그렇게 불렀다. 그러면서 덧붙였다.

"요즘 보면 칭찬에 참 인색한 거 같아. 내가 막 상대한테 칭찬을 하잖아? 그럼 가식 떤다고 그런다? 난 진심인데."

칭찬을 잘하는 자신을 가식이나 떠는 사람으로 오해하는 사람들을 보면 그렇게 쓸쓸하고 마음이 상할 수가 없다고 했다. 그녀의 말에 폭풍 공감을 하며 고개를 연신 끄덕였다. 나 역시 그러했으므로.

　나는 칭찬하는 것을 좋아하는 편이다. 거창한 칭찬보다 소소하게 칭찬하는 걸 즐긴다. 그 사람만이 가지고 있는 고유의 특성, 그리고 변화를 준 외형 등 내가 칭찬하는 것은 대부분 일상의 것들이다. 특히 나에게 없는 부분이라면 더더욱 말이다. 각자가 가지고 있는 재능, 능력, 개성은 하나도 같은 것이 없는, 가장 아름답고 값진 것이니까. 그렇기에 칭찬을 안 할 수가 없다는 게 나의 지론이다. 잘하면 잘했다, 좋으면 좋다고 말하는 게 뭐가 그렇게 어려운 일일까.

　내가 막내 작가이던 시절, 나를 지독히도 괴롭힌 선배 N이 있었다. 이유도 명분도 모른 채, 그저 당하기만 하던 때였다.

　그녀는 내가 어떤 일을 했을 때 지적받은 행동을 하지 않으면 또 다른 걸 트집 잡아 하루에도 여러 번 실소하게 만드는 사람이었다. 게다가 그녀가 하는 말은 온통 부정적인 것으로 가득했다.

"쟤는 도대체 왜 저런다니?"

"김 피디 말이야, 사람이 너무 좀스러워."

"전에 있었던 작가 걔는 이런 걸 할 줄 알았는데, 너는 왜 못해?"

마치 세상에 어떤 사람도 칭찬 같은 건 받을 자격이 없다는 듯이 끊임없이 타인을 지적했다. 조금 화기애애하게 대화가 이어지면 탐탁지 않다는 듯 애써 다른 사람의 험담을 늘어놓기도 했다. 그럴수록 겸짐 너 N과의 대화가 불편하고 말을 섞기가 싫어졌다.

나는 점점 말수가 없어졌다. N이 출근하면 인사만 한 뒤 곧바로 귀에 이어폰을 꽂았다. 필요 이상의 말은 하지도 않고 듣지도 않으려고 애를 썼다.

그러다 결국 일이 터졌다. 여러 사람의 말을 옮기면서 '썹어대던' 그녀로 인해 작가들 사이에 분란이 일었고 그 원인이 된 N이 잘린 것이다.

만나면 늘 우울한 이야기만 늘어놓거나 하소연하며 끊임없이 위로를 요구하거나 내내 부정적인 말만 하는 사람들이 있다. 그러나 누구도 이런 이야기에 계속해서 귀 기울이지 않는다. 만나면 좋은 에너지를 나누고 마음 따뜻해지는 시간을 공유하고 싶은 게 인지상정이니까.

매일 오가는 회사에서, 자주 가는 단골 식당이나 카페에서, 얼굴 모르는 누군가와의 통화에서, 그리고 내가 사랑하는 모든 사람에게 오늘만큼은 다정하게 말을 걸어 주면 어떨까.

"오늘, 좋은 하루 보내세요!"

○

매일 오가는 회사에서,

자주 가는 단골 식당이나 카페에서,

얼굴 모르는 누군가와의 통화에서,

그리고 내가 사랑하는 모든 사람에게

오늘만큼은 다정하게

말을 걸어 주면 어떨까.

"오늘, 좋은 하루 보내세요!"

한 사람,
　　온 우주를 만나고
　대면하는 일

"나 진짜 그 선배랑 더는 못 해 먹겠다!"

핸드폰 저편에서 K가 씩씩대며 말했다. 함께 일하는 선배 J와 일을 진행할수록 악감정만 쌓여 간다고 했다.

"자기 하기 싫은 일을 전부 나한테 떠넘기는 것 같아."

K의 말끝에 달린 '같아'를 기민히 되뇌었다. '같다'라는 것은 결국 K의 '그럴 것이다'의 추측성이 들어 있는 말이니까.

"J한테 말은 해봤어? 지금 선배가 생각하고 있는 부분에 대해서."

K는 J와 더 이상 말을 섞기가 싫다고 했다. 성향부터 일 스타일 등 무엇 하나 맞는 구석이 하나도 없다고. 말을 해 봤자 입씨름만 할 테고 그런저런 일에 에너지를 뺏기고 싶지 않다고 했다.

K가 말한 선배 J는 나와도 친분이 있던 터라 그녀가 어

느 지점에서 J와 일하는 게 힘들고 맞지 않는지 짐작할 수 있었다. K 그리고 선배 J, 두 사람 모두를 아는 나로서는 무조건 K의 입장만 편들어 줄 수는 없는 노릇이었다. 그래서 최대한 객관적으로, 그렇지만 K의 마음이 다치지 않도록 신경 써서 말했다.

"지금 J한테 실망한 마음이 큰 거 같아. 그래서 작은 거 하나까지 다 싫어 보이는 게 아닐까?"

잠깐 말이 없던 K가 얕은 한숨을 뱉으며 말했다. 자신의 마음이 자꾸 고약해지는 것 같아 그게 많이 힘들다고. 마음이 고약해진다는 그녀의 말에 불현듯 S가 떠올랐다.

S와 나는 방송계의 드문, 동갑에 같은 연차였다. 그것이 힘겨운 방송 생활에 힘이 돼주기도 했다. 친구처럼, 때로는 자매처럼 서로 의지가 되는 상대였다.

그런데 한 가지 문제가 생겼다. S는 무슨 일만 생기면 하루에도 여러 번 전화를 걸어왔는데, 그녀의 대화는 늘 불평불만으로 가득하다는 것이다. 이런 통화가 하루에 한두 시간씩 이어지고 나면 온몸의 진이 다 빠져나가는 기분이었다.

그러던 어느 날 나는 결국 S에게 폭발하고 말았다. 제발 좀 그만하라고, 어떻게 세상 사람이 모두 네 마음에 들 수 있느냐고. 도대체 뭐가 맨날 마음에 들지 않아 입만 열면 불평불만이냐고. 그날을 끝으로 우리는 서로를 등지게 됐다.

그렇게 3년이란 시간이 훌쩍 지난 어느 봄날이었다. SNS를 통해 S에게서 메시지가 왔다. 이제 와서 정말 미안하고 염치없지만 자신을 만나 줄 수 있느냐고.

며칠 후, 나는 S와 마주 앉았다. 그녀는 그간의 근황을 전해왔다. 자신이 공황장애로 많이 안 좋은 상태였고, 그동안 시골집에 머무르며 지내다 최근에 다시 서울로 돌아왔다고 말이다.

"서울에 왔는데 이상하게 네 생각이 제일 먼저 나더라. 네가 해줬던 그 위로가, 그냥 내 친구 장해주가 그리웠어."

S의 말에 나는 그간 묵었던 앙금이 스르르 녹아내렸다. 몹시도 힘들었을 그녀를 생각하니 그간 내가 너무 옹졸한

마음이었다는 생각이 들었다.

한 사람은 하나의 세계다. 그래서 그 세계를 알려면 관심 있게, 지속적으로, 면밀히, 밀착해서 들여다보지 않으면 안 된다.

우물 속 개구리는 그 속에서 보는 하늘이 전부이듯, 우물 밖의 세상이 얼마나 광활하고 경이로운지 알 길이 없다.

조금은 너른 마음으로 세상을, 그리고 사람을 바라보는 일. 조금은 손해를 보는 것 같아도 상대의 입장에서 '그 한 사람'이 가지고 있는 내면의 본질을 깊게 들여다봐야 하는 이유가 그렇다.

저 상황이라면, 저 현실이라면 누구라도 그러하듯이…. 편견으로 상대를 쉽게 판단하지 않고 그 사람 자체를 바라보는 시선이, 결국은 고약하게 죽어 가는 마음 꽃밭에 푸른 싹을 틔우는 일이기에.

저 상황이라면,

저 현실이라면

누구라도 그러하듯이….

편견으로 상대를 쉽게 판단하지 않고

그 사람 자체를 바라보는 시선이,

결국은 고약하게 죽어 가는 마음 꽃밭에

푸른 싹을 틔우는 일이기에.

지금 이 순간을
소중히

옅은 삭풍이 감돌던 겨울의 초입, 절친한 지인들과 함께 오랜만에 만나 밥을 먹고 커피를 마시며 이런저런 이야기를 주고받을 때였다. 한 지인이 요즘 자신은 죽음에 대해 많은 생각을 한다는 말을 꺼냈다. 그래서 꽤 오래전부터 죽음을 잘 맞이하기 위한 노력을 하고 있다고. 장기 기증과 사전연명의료의향서도 신청한 상태라고 했다.

문득 자리에 있던 지인들은 차례로 한 명씩 서로를 돌아보기 시작했다. 다시는 오지 않을 이 자리, 이 시간, 그리고 여기 사람들….

산다는 것에 특별히 의미를 두지 않고 허랑방탕하게 시간을 보내던 시절이 있었다. 내가 사는 오늘이 영원할 것처럼 그렇게 나에게 주어진 사람, 만남, 시간을 참 많이도 탕진했다. 모든 걸 내 뜻대로, 마음 내키는 대로. 싫증이 나면 관계를 쉽게 끊으며 누군가에게는 상처가 될 말도 서슴없이 하면서. 빈자리는 또 다른 것들로 채워질 테고 나는 또 그곳에 집중하면 그뿐인 일이라고 생각했다.

어떤 대단한 기대도 없고 설렘도 없고, 하루하루를 그저 '버리는 데' 온 에너지를 쏟아붓던 시절…. 시간을 참 많이도 '죽이며' 살았던 날들이었다.

아까운 것도 없고 특별한 것도 없었으며, 그냥 오늘 당장 삶이 끝난다고 해도 아쉬울 게 없다 여겼다.

그날도 여느 날과 다르지 않은 하루였다. 책상 위에 놓인 핸드폰이 요란히도 울려댔다. 그 전화 한 통은, 나의 '별반 다르지 않은 여느 날'에 내리친 벼락 같았다.

"H가 죽었어…."

핸드폰 속 R의 목소리가 거칠게 떨리다 이내 울음으로 바뀌었다. H가 죽었다고 했다. 밥을 먹기 싫다던 H가 스스로 밥숟갈을 내려놓았다면서.

분명 며칠 전에도 만났었다. 그리고 마지막 기억은… 대판 싸우던 모습이었다. 이제 다시는 서로 보지 말자며 고래고래 소리를 지르고 상처 되는 말만 골라서 서로에게 내질렀던 기억이 끝이었다. 그게 마지막이 돼버렸다.

영정 사진 속, 환하게 웃고 있는 H의 얼굴을 마주하는데 황망함이 밀려들었다.

'아직 미안하다고 사과도 못 했는데…. 그때 내가 했던 말은 화가 나서 그런 거지 진심이 아니었는데⋯. 지금쯤이면 마음이 좀 가라앉았을까 싶어 연락하려던 참이었는데⋯. 이건 진짜인데, 거짓말 아닌데. 나 이제 이거 누구한테 말해야 하는 건데? 너 어디로 간 거야?'

당장 H의 이름을 부르면 새침한 얼굴로 "왜? 뭐 지금 화해하자는 거야?"라며 불퉁거릴 것만 같았다.

심장이 찢기듯 아팠다. 마음 한가운데에 생긴 커다란 구멍에 세차게 비바람이 들이치는 것 같아 고통스러웠다. H의 새침한 얼굴도, 불퉁대는 목소리도 이제 더는 이 세계에서 마주할 수가 없으니까.

그로부터 15년이란 시간이 흘렀다. 아직도 겨울의 초입을 알리는 삭풍의 계절이 되면 H를 떠올린다. 아직 전하지 못한 말이, 마음의 빚이 이만큼이나 남았는데, 나는 지금도 네가 그리울 때가 있어⋯ 하면서.

H가 떠나고 처음 얼마간은 마음이 휘청이고 내 삶 전체가 '흔들흔들' 위태로웠다. 이럴 줄 알았으면 내가 조금 더 참을걸. 뒤늦은 후회 속에 매일을 술로 달래고 눈물로 밤을 지새웠다. 그 지독한 죄책감 때문에.

그러던 어느 날, 이런 나를 지켜보던 R이 말했다.

"네 탓 아니고 네 잘못 아니야. 그러니 이제 그만 마음에서 보내주자."

H를 마음에서 보내주는 대신 나는 마음 한쪽에 곱게 접어 보관하기로 했다. 이따금 보고 싶을 때는 꺼내서 기억할 수 있도록.

걱정 근심으로 한숨만 내뱉던 어떤 날에는, "청승 좀 그만 떨어라! 어휴 지겨워." 대수롭지 않은 말로 내게 웃음을 선사하던 너를.

느른한 햇살에 심심하다고 징징대는 날에는, "넌 나 없으면 무슨 재미로 세상 살래? 나 좀 그만 좋아해!" 싫지 않은 얼굴로 지청구를 날리던 너를.

마음이 잔뜩 상해 아파 죽을 것만 같은 날에는 "그깟 일로는 절대 안 죽어. 걱정하지 마! 내가 너 아프게 한 놈, 흠씬 두들겨 패 줄게! 언니만 믿어!" 언제나 전적인 네 편이라며 든든한 마음으로 안아 주던 너를.

내 옆에 있는 지인들의 환한 얼굴과 미소를 가만히 바라본다. 지금의 내 사람들을 찬찬히 마음에 담고 시선에 담고, 그렇게 시간에 담아본다.

나의 지금은 계속해서 흘러가고 있다는 것. 그래서 지금 이 시간이 너무나 소중하고 애틋하다.

앞으로 내 인생 계획표에는 후회보다는 위로의 온기가, 아프고 쓰라린 눈물보다는 잔잔한 미소가, 가시 돋친 말보다는 사랑의 밀어가 채워지긴.

'다시는 잃어버리지 않도록 지금 이 순간을 소중히.'

눈빛이
따뜻한 사람

그리스 철학자 디오게네스는 이런 명언을 남겼다.

사람을 대할 때는 불을 대하듯 하라.

다가갈 때는 타지 않을 정도로,

멀어질 때는 얼지 않을 만큼만.

알기는 알아도 사실 실천하기가 어려운 말이다. 세상만사가 다 이런 만남과 이별을 할 수 있다면 얼마나 좋을까. 내가 크게 아플 일도, 상대가 찢어지게 상할 일도 적을 테니 말이다.

아름다운 만남은 있어도 아름다운 이별은 없다는 것이 나의 지론이기에, 만남만큼 이별도 조금은 좋았던 것들로 채울 수 있으면 좋으련만.

희한한 건 지금껏 나의 이별에서도 다른 누군가의 이별에서도 '웃으며 안녕' 같은 이별은 해본 적도 들어 본 적도 없다는 것이다. 연인과의 이별이 으레 그렇듯 잠깐 스친 인연일지라도 언제나 눈물과 아픔을 동반하니까.

그렇게 나의 이별의 날들을 세어 보다가 움푹 꺼진 마음 웅덩이를 발견했다. 아마도 여기가 제일 아픈 곳이겠거니.

나의 날과 그 사람의 날, 서로 좋은 날들을 주고받은 사람이 있었다. 같이 있을 수 있는 시간이 짧아도, 함께 있는 동안은 서로 온기를 나눌 수 있어 좋았다. 삶의 삐쭉거리는 어느 부분을 그러안으며 다독여주고, 미칠 것 같은 인생의 기로에서 휴식이고 숨통이 돼준 그런 사람.

나와 그 사람의 날은 그렇게 끈끈하고 단단하게 이어질 줄로만 알았다. 그런데 나의 바람과는 달리 그 사람과의 관계는 오래되지 않아 서서히 멀어 갔다.

어느 한쪽의 잘못이라거나 서로에 대한 마음이 변해 차갑게 식어 버린 것은 아니었다. 기다림에 지치고 서로 다른 곳을 바라보게 되고, 그래서 마음에 힘이 빠져버렸다. 내가 그에게, 그가 나에게 줄 수 있는 온기의 샘이 바싹 말라 고갈돼버렸다.

그렇게 우리는 이별을 했다. 서로에게 시간을 주자는 기약 없는 말과 함께.

미운 마음이 들었다가 화도 났다가 애잔해졌다가, 하루에도 수십 번씩 왔다 갔다 하는 마음의 조각들을 부여잡고 끙끙 앓아댔다. 그럼에도 그를 붙잡을 수 있는 용기가 없어서, 다시 시작해 볼 엄두가 나지 않아서 기어이 주저앉힌 마음이었다.

그 사람과의 관계를 지속할 수 없는 것보다 더 아픈 것은 우연히 길에서 마주치더라도 눈인사조차 할 수 없는 사이가 됐다는 거다.

편하게 안부를 주고받는 일, 웃으며 가벼운 말장난을 하는 일, 속 터놓고 각자가 겪고 있는 고민이나 고충을 공유하는 일…. 아무것도 아닌 것들로 웃고 시선을 맞추던, 그런 일상이 없어져 버렸다.

그보다는 서로가 서로에게 '우리'라는 명분을 박탈했다는 사실이 미칠 듯 가슴을 조였다. 그렇게 끝이 났다는 것, 이것이 못내 나를 씁쓸하게 했다.

그 사람을 떠올리면 아직도 심장 언저리가 콕콕 따끔거린다.

힘겨운 길 위에 서 있는 그를 조금 더 따뜻하게 바라봐주지 못했다는 것. 나 역시 '여유'라는 게 눈곱만큼도 없는 인생길이었지만, 그럼에도 그를 보는 시선에 조금의 온기를 담아 응원해주었더라면 어땠을까. 분명 그는 반갑게 받아 주었을 텐데.

눈빛이 따뜻한 사람이 되고 싶다. 지나친 불꽃으로 상대가 부담스러워하지 않도록, 찬바람을 닮은 표정에 반걸음 주춤 물러서지 않도록, 적당한 36.5도로. 그렇게 따뜻한 눈빛으로 세상을, 그리고 우리를 끌어안을 수 있기를.

◯

눈빛이 따뜻한 사람이 되고 싶다.

지나친 불꽃으로

상대가 부담스러워하지 않도록,

찬바람을 닮은 표정에

반걸음 주춤 물러서지 않도록.

적당한 36.5도로.

그렇게 따뜻한 눈빛으로

세상을,

그리고 우리를 끌어안을 수 있기를.

나를 있는 힘껏
끌어안기

"너 진짜 의식의 흐름 최고다!"

정해진 루틴은 있지만 그 안에서 자유를 추구하기에 종종 듣는 말이다.

예를 들어 청소기를 돌리다가도 눈앞에 꽃병이 보이면 그대로 꽃병의 물을 갈아 준다. 그러다 세탁기를 돌려야 한다는 생각에 다다르면 곧장 베란다로 가서 빨래를 시작한다. 다시금 청소기를 집어 들 때쯤 '아, 유산균!' 하며 영양제를 입에 털어 넣는다. 결국 청소기는 이 모든 의식이 행해진 다음에야 돌리게 된다. 나의 이런 패턴은 비단 '홀로라이프'에만 해당하는 것이 아니다.

이를테면 누군가와 어떤 주제로 한창 이야기가 진행되던 중이었다. 그날의 이야기는 사실 가볍게 흘러가는 것이 아닌, 현재의 고통에 대한 것들이었다. 서로의 마음에 공감하고 위로하며 그렇게 대화가 점점 무르익어 갔다. 그때 불현듯 '아, 이불!' 하는 생각이 스치자마자 핸드폰을 들고 며칠 전부터 벼르던 겨울 이불을 주문했다. 아주 진중한 모양새로 핸드폰을 뚫어져라 들여다보는 나를 보며 C가 물었다.

"혹시 급한 일 있는 거 아니야?"

"네? 그게 아니라… 이불을 사야 해서요."

　순간 정적이 흐르고 그 자리에 있던 사람들이 일순간 박장대소를 하기 시작했다. 눈물까지 흘리며 웃어대는 지인들을 멀뚱하게 바라보는데 누군가 말했다.

"너 진짜 못 말린다! 아니, 이 심각한 얘기 중에 이불이라고?"

　그러더니 다시 '깔깔깔' 웃는 것이었다. 나의 이런 행동은 어찌 보면 함께한 지인들에게 굉장한 무례일 수 있지만 (그렇다고 해서 지인들의 말에 귀를 기울이지 않는 것은 아니다) 이 이상하고 무례한 나의 행동이 특정한 그 자리에 이따금 환기가 돼주기도 한다.

　나는 의식의 흐름대로 살기로 결정했다. 촘촘하고 타이트하게 잘 짜인 그물망 같은 계획은 그저 내가 작가로 일하는 그 시간에만 허락하자고 말이다.

　인생이 너무 황량하기만 해서 죽고 싶었던 날들이 있었

기에, 바늘 하나 들어갈 틈새를 내 인생에 허락하지 않았던 적도 있었다. 눈을 뜬 순간부터 1분 1초도 허투루 살 수 없다는 어떤 강박으로 나를 조이던 나날들. 불안하고 초조한 시간이었다. 무엇 하나 내 삶을 지탱해 줄 것 같지 않았고 미래가 캄캄하기만 했다. 나의 20대는 매일 무언가에 쫓기듯 치열했고 살을 에는 듯한 매서운 긴장감으로 하루하루가 점철된 시간이었다.

그렇기에 끊임없이 움직여야 한다고 생각했다. 조금이라도 쉬는 것이 곧 도태라고 생각했다. 끊임없는 경쟁에서 결국 나는 패배자로 추락해버릴지도 모른다는 중압감이 들었고, 마음은 까맣게 타들어 갔다.

그러던 어느 날 몸에 이상 징조가 나타나더니 급기야 수술대 위에 올라야 하는 지경이 됐다. 차가운 수술대에 누워 대기실 천장을 바라보는데 왈칵 눈물이 터지더니 관자놀이를 타고 흐르기 시작했다.

'잘 살아보자고 앞만 보고 달린 나의 끝은 결국 이런 것이었나.'

나는 나에게 지지리도 친절하지 못했고 처절하게 냉혹했다. 끝도 없이 펼쳐진 사막을 홀로 걷는 나에게 물 한 모금 허락하지 않아 심장을 바싹 말려 버렸다.

정해진 루틴, 규칙… 이 세계의 모든 사람은 스스로 쌓아 올린 철옹성 같은 습관을 하나씩 가지고 있다. 외부의 위험이 가해지더라도 절대 깨지 않으려고 하는 틀 말이다.

그러나 내가 수술대 위에서 알게 된 건 결국은 깨져야 새로운 것이 탄생한다는 것이다. 나의 어떤 잘못된 습관이 깨져야만 비로소 다른 것을 볼 수 있다.

그때부터다. 나를 그저 의식의 흐름대로 흘러가게 내버려 두게 된 것은.

생각나는 대로 하기. 마음 가는 대로 해보기. 사랑하고 싶은 만큼 하기. 웃고 싶은 만큼 웃고 울고 싶은 만큼 울기.

그렇게 나를 있는 힘껏 끌어안기.

삐딱해도 직진!

'지름길'

어느 날씨 좋은 날, 선배 K와 길을 걷던 중 우연히 발견한 상호였다. K는 지름길을 보자마자 깔깔대며 웃기 시작했다.

"어머, 이름도 진짜 기가 막히게 짓는다. 어떻게 저런 생각을 다 했지?"

K의 말에 뚱한 얼굴로 간판을 올려다보며 말했다.

"지름길은 개뿔."

그랬다. 살면서 지름길 같은 건 만나 본 적이 없으므로. 더러운 거, 볼 꼴과 못 볼 꼴, 구질구질하다 못해 접시 물에 코만 박는 게 아니라 온 몸뚱이를 던지고 싶은 것들을 이기고 견디며, 그렇게 겪을 거 다 겪고 가야 하는 게 인생 아니던가. 뭐 하나 빼놓고, 건너뛰고, 겪지 않고 가야 할 길은 없는 게 인생인 걸. 삐딱선을 타더라도, 좀 거칠고 질펀하게 가더라도, 가야 할 길은 꼭 가야만 하는 게 사람의 일생인 걸.

그런데 지름길이라니. 참 얼토당토않다는 생각이 들어 '피식' 너털웃음이 터졌다.

언젠가 외할머니 집 베란다에서 할머니와 따사로운 봄볕을 맞을 때였다.

"해주, 너 그거 아냐?"

나긋이 물어 오는 할머니를 의아하게 쳐다보고 있자니 할머니가 주름진 손으로 내 얼굴을 가만가만 쓸며 말했다.

"할미는 올해 90살이라서 90km로 달려. 매일매일 죽음으로 달리는 속도가 90km야."

'울컥', 안에서 뜨끈한 것이 올라왔다.

"할머니, 왜 그런 말을 해. 손녀딸 마음 아프게."
"너 마음 아프라고 하는 말이 아니라, 우리 손녀딸이 맨날 행복했으면 좋겠어서…"

알머니가 옅게 웃는 얼굴로 오늘을 감사해야 한다고 말했다. 사는 게 지난해서 역한 날이 더 많겠지만 그럼에도 기뻐할 수 있어야 한다고. 노인네가 무슨 억한 소리를 늘어놓나 싶겠지만 그런 게 아니라고 말이다.

태어나는 순간부터 죽음으로 향하는 인생사에 뭐 그리 행복하고 좋은 일만 가득하겠냐만 그걸 담담하게 받아들이고 나면 세상 억울할 일도, 죽고 못 살 문제도 없는 거라고. 90세의 문턱에서 나의 할머니가 깨달은 건 인생이란 게 참 살 만하다는 것이다.

그런 날이 있다. 살아도 살아도 굴곡진 경사만 들입다 나타나 그저 철퍼덕 엉덩이 깔고 앉아 버리고 싶은 날이. 좀 지치고 어려운 정도가 아니라 정말 손가락 하나 까딱할 힘조차 없어 뒤로 발라당 자빠지고 싶은 날이. 그래서 이 거지 같은 상황이 어서 끝나 버리길 바라게 되는 날 말이다.

남들은 쉽게 한 걸음 한 걸음 잘도 내딛는 인생길인데 어째서 나란 인간은 반의 반보도 가질 못하고 제자리걸음만 하고 있을까 하며 빈 마음에 소주만 퍼붓던 날들이 떠올랐다.

어느덧 한 해를 보내고 그럭저럭 살아지고. 그런저런 날들 끝에 문득 이런 생각이 들었다.

'좀 편안해지자.'

안달복달한다고 변하는 것이 아니므로. 그냥 닥쳐오는 모든 것을 묵묵히 받아내보자고. '내가 이기나, 네가 이기나' 하면서 경계하고 긴장하지 말고. '그냥 다 덤벼! 어쨌든 나는 이러나저러나 버텨야 하거든' 하는 마음으로. 그렇게 오늘을 버텨 하루를 넘고 나면, 하루하루가 옴팡지게 살가운 것이 되어 내 안에 사랑스럽게 한 겹 한 겹 쌓일 테니까 말이다.

그러므로 조금 돌아가더라도, 조금 느리더라도, 편법 쓰지 말고, 잔머리 굴리며 계산하지 말고.

삐딱해도 직진!